dtv

Reihe Hanser

Sir Horace hat Geburtstag. Araminta und Wanda haben das perfekte Geschenk für ihn entdeckt: ein Schwert, in der Grotte am Strand. Um an das Schwert heranzukommen, benutzen die beiden den unterirdischen Geheimgang zwischen ihrem Haus und der Grotte. Doch dann saust das Gitter zum Geheimgang herunter und die beiden Mädchen sind in der Grotte gefangen. Ob sie rechtzeitig zum 500. Geburtstag von Sir Horace zurück sind?

Angie Sage, 1952 in London geboren, lebt als Autorin und Illustratorin in Cornwall. In der *Reihe Hanser* erschienen von ihr ›Septimus Heap. Magyk‹ (dtv 62327) und ›Septimus Heap. Flyte‹ (dtv 62371) sowie ›Araminta Spuk. Gruselangriff aus dem Hinterhalt‹ (dtv 62383).

Jimmy Pickering arbeitete für Hallmark, Disney und Universal. Als Illustrator hat er Bilder- und Kinderbücher gestaltet.

Angie Sage

~2~

Araminta Spuk

Das Schwert in der Grotte

Mit Bildern von Jimmy Pickering

Aus dem Englischen von
Ulli und Herbert Günther

Deutscher Taschenbuch Verlag

Das gesamte lieferbare Programm der *Reihe Hanser*
und viele andere Informationen finden Sie unter
www.reihehanser.de

In neuer Rechtschreibung
Januar 2009
Deutscher Taschenbuch Verlag GmbH & Co. KG,
München

Titel der Originalausgabe:
›Araminta Spookie: The Sword in the Grotto‹
Katherine Tegen Books, New York
(Imprint of HarperCollins New York)
Published by arrangement with HarperCollins Children's Book,
a division of HarperCollins Publishers, Inc.

Umschlagillustration: Jimmy Pickering
Gesetzt aus der Goudy Old Style 13/16'
Satz: Satz für Satz. Barbara Reischmann, Leutkirch
Druck und Bindung: Druckerei C. H. Beck, Nördlingen
Gedruckt auf säurefreiem, chlorfrei gebleichtem Papier
Printed in Germany · ISBN 978-3-423-62384-1

Für Araminta Clibborn,
mit Liebe

Inhalt

~1~

Shirley

Unser Spukhaus, in dem ich mit meiner Tante Tabitha und meinem Onkel Drac wohne, ist seit Neuestem ziemlich überfüllt. Zuerst habe ich zwei Geister entdeckt, die hier hausen, kurz danach sind die Gaukel-Wizzards aufgetaucht und haben beschlossen, hier zu wohnen. Damit sind wir acht Personen, denn die Gaukel-Wizzards sind zu dritt: Wanda, ihre Mama Brenda und ihr Papa Barry.

Unsere beiden Geister, das sind Sir Horace und Edmund. Die meisten Leute glauben ja, Sir Horace sei nur eine langweilige alte Rüstung –

dafür habe auch ich ihn jahrelang gehalten –, aber in Wirklichkeit ist er unser größter Geist. Dann ist da sein treuer Knappe Edmund, der schüchtern ist und sich manchmal wie ein Waschlappen benimmt. Wanda findet ihn sehr nett, wahrscheinlich deshalb, weil sie sich in bestimmten Situationen auch gern wie ein Waschlappen benimmt, wie ihr sehen werdet.

Manchmal denke ich, Sir Horace hat Wanda lieber als mich. Nicht, dass ich eifersüchtig bin oder so, aber Sir Horace war schließlich zuerst *mein* Geist. Nach dem Einzug der Gaukel-Wizzards hat Wanda Sir Horace repariert, sodass er fast wie neu aussah. Mit ihrem Fahrradöl hat sie alle seine Roststellen entfernt, was Sir Horace natürlich sehr gefreut hat. Danach spazierte er noch mehr im Haus herum als vorher. Er quietschte auch nicht mehr, was ein bisschen unheimlich war, denn wenn man zum Beispiel mal irgendwo herumschlich und einen kleinen Spuk für Tante Tabby plante oder etwas in der Art,

konnte urplötzlich Sir Horace hinter einem stehen.

Letzten Monat aber hörte Sir Horace auf, im Haus herumzuwandern, und fing an, sich sonderbar zu benehmen. Er gewöhnte es sich an, hinter irgendwelchen schäbigen alten Vorhängen auf dem Treppenabsatz zu lauern, und eines Nachts, als Onkel Drac gerade aus seinem Turm kam, erschreckte er den Armen fast zu Tode, indem er ein grässliches Stöhnen von sich gab.

Ein anderes Mal

nahm Sir Horace absichtlich seinen Kopf ab und ließ ihn auf der Treppe liegen. Tante Tabby stolperte darüber und gab *mir* die Schuld. Als ich ihm den Kopf dann zurückgab, war er noch dazu unhöflich: Er versuche nur, etwas zu vergessen, sagte er, und wolle seinen Kopf im Moment gar nicht haben, vielen Dank. Aber ich bestand darauf, dass er ihn wieder aufsetzte. Nach diesem Vorfall verschwand er. Wir suchten ihn überall, und weil wir ihn nirgendwo finden konnten, gingen Wanda und ich hinunter zu seinem geheimen Zimmer, um auch dort nachzusehen.

Wenn man zu Sir Horace' Zimmer will, muss man durch einen Geheimgang bis zu einem komischen alten Aufzug gehen, einem sogenannten »Speisendiener«. Damit kann man sich durch Ziehen an einem Seil selber auf- und abwärtsbefördern. Wanda und ich dürfen uns dort eigentlich nicht aufhalten, weil Tante Tabby sagt, der Aufzug sei gefährlich und sie wolle nicht, dass wir uns in Geheimgängen herumtrieben. Der wahre Grund ist aber: Tante Tabby hat es nicht gern, dass man sich irgendwo aufhält, wo sie einen nicht im Auge hat. Sie ist nämlich schrecklich neugierig.

Doch obwohl Tante Tabby so neugierig ist, weiß sie nicht alles. Zum Beispiel weiß sie nicht, dass ich den Schlüssel zur Tür des Geheimgangs habe. Nachdem wir uns also gestern überzeugt hatten, dass von Tante Tabby keine Gefahr drohte, schlossen wir die verborgene Tür in der Vertäfelung der Dachbodentreppe auf. Langsam und vorsichtig bewegten wir uns durch den Geheimgang. Wegen der Spinnen – die Wanda nicht ausstehen kann – musste ich vorausgehen und am Ende des Gangs hievten wir uns in dem knarrenden Aufzug – den Wanda auch nicht ausstehen kann – abwärts und kamen in Sir Horace' Zimmer.

Der Raum war sehr klein und dunkel – auch das gefiel Wanda nicht. Ich weiß nicht, was sie eigentlich erwartet hatte, schließlich war es ein *geheimer* Raum im Inneren des Hauses und da sind nun mal keine Fenster. Ich leuchtete mit der Taschenlampe in alle Ecken, um zu sehen, ob Sir Horace vielleicht irgendwo beleidigt herumstand, und Wanda machte ein ängstliches Gesicht.

»Er ist nicht da«, sagte sie. »Hoffentlich ist er nicht weggelaufen.«

»Warum sollte er?«, fragte ich. »Er fühlt sich doch wohl in unserem Haus. Kann ich die Käse-Zwiebel-Chips haben?«

Wanda hatte unsere Geheimgangausrüstung dabei und sie gab mir meine Tüte Käse-Zwiebel-Chips. Dann zündete sie die beiden Kerzen über dem Kamin an. Das Licht warf bizarre Schatten an die Wände und ich ragte als großes Schattenmonster vor Wanda auf.

Wanda, die noch neugieriger ist als meine Tante Tabby, fing an, die stapelweise herumliegenden

alten Bücher durchzublättern. Es waren langweilige Bücher und ich wusste nicht, warum sie sich damit abgab, aber Wanda hat eine Schwäche für alte langweilige Sachen – wahrscheinlich hat sie deshalb auch eine Schwäche für Sir Horace. Jedenfalls prustete sie plötzlich los wie ein Schwein, das wohlig schmatzend in seinem Futter wühlt, und wälzte sich auf dem Boden. Ich achtete nicht weiter auf sie, weil ich inzwischen weiß, dass dieses Getue Wandas Art zu lachen ist. Eine Weile ließ ich sie ihre Schweinenummer abziehen, aber dann fragte ich doch, was sie eigentlich so komisch fände.

»Oink, oink, oink«, schnaubte Wanda. »O nein! *Oi-oi-oink*!«

»Los, sag schon, Wanda.«

Wanda schob mir ein altes Buch in die Hand. »Shirley«, prustete sie. »Oink, oink, *Shirley*!«

In dem Buch lag ein vergilbtes Stück Papier, auf das jemand ein Bild von einem niedlichen, auf einem Teppich liegenden Baby gezeichnet hatte. Unter dem Bild stand etwas in krakeliger Schrift. Es war nicht ganz leicht zu lesen.

»Mach schon ... *oink*«, schnaufte Wanda. »Lies!«

»Äh ... ›Horace Cuthbert Shirley George im Alther von vir Monathe‹«, las ich laut. »Saumäßige Rechtschreibung hatten die früher, was?«

»So schlecht wie deine war sie nicht«, grunzte Wanda. »Siehst du das? Er heißt *Shirley*.«

»Na ja, vielleicht hat sich seine Mama ein Mädchen gewünscht oder so. Jedenfalls sieht er süß aus, finde ich. Aber unser Sir Horace kann das nicht sein. Der war nie ein Baby.«

Wanda schaffte es, sich aufzusetzen. »Jeder war mal ein Baby«, sagte sie entschieden. »Sogar mein Papa war mal ein Baby, wenn auch vor einer Ewigkeit. Wahrscheinlich ungefähr um die gleiche Zeit wie Sir Horace.«

»Dein Papa mag ja vielleicht alt sein, aber ich glaube nicht, dass er an fünfhundert Jahre ran-

kommt«, sagte ich, während ich auf das Datum im Buch starrte.

»Könnte er aber sein«, sagte Wanda. »Es würde mich nicht wundern. Was machst du da?«

»Zählen«, sagte ich. Mathe ist nicht gerade eins meiner Spitzenfächer. Ich nahm die Finger zu Hilfe, um sicherzugehen. Einhundert, zweihundert, dreihundert, vierhundert ... He, es stimmte tatsächlich: Übermorgen vor genau fünfhundert Jahren war Sir Horace geboren!

»Übermorgen hat Sir Horace Geburtstag«, sagte ich. »Seinen *fünfhundertsten* Geburtstag.«

Wanda pfiff durch die Zähne. »Das ist ja ein richtig *großer* Geburtstag.«

»Der größte überhaupt«, sagte ich. »Ich meine, wen kennst du sonst noch, der einen fünfhundertsten Geburtstag gehabt hat?«

Wanda überlegte eine Weile, dann sagte sie: »Da kenne ich keinen. Das ist so *unvorstellbar* alt. He, deshalb ist er beleidigt. Bei meinem Papa war das letztes Jahr genauso. Er hatte einen runden Geburtstag, wie Mama das nannte, und die Woche davor wurde er ganz komisch. Alle seine Frösche hat er blau gezaubert und mit niemandem mehr ein Wort gesprochen. Aber dann, bei der Überraschungsparty zu seinem Geburtstag, ist seine gute Laune zurückgekommen. Und hinterher war er wieder ganz der Alte.«

Während ich meine letzten Käse-Zwiebel-Chips aß, kam mir plötzlich eine Idee. »Problem gelöst«, rief ich. »Wir machen für Sir Horace eine Überraschungsparty, dann wird er auch wieder ganz der Alte sein!«

Wanda lächelte. Ich sah ihr an, dass sie von meiner Idee schwer beeindruckt war. Doch dann schwand das Lächeln aus ihrem Gesicht und sie sagte: »Aber wir wissen nicht, wo er ist! Man muss wissen, wo die Person ist, für die man eine Überraschungsparty veranstalten will. Sonst macht man eine Party und die Hauptperson kann nicht überrascht sein, weil sie gar nicht da ist. Das ist dann nämlich keine Überraschungsparty, sondern nur ein …«

»Schon gut, *schon gut*«, sagte ich. »Ich hab's kapiert.«

Immer muss Wanda alles so kompliziert machen.

~2~

Ein dumpfer Schlag

»Sir Horace wird schon aus seinem Schmollwinkel kommen, wenn er erfährt, dass eine Überraschungsparty für ihn steigen soll«, sagte ich zu Wanda. Wir waren unterwegs in den Keller zur dritten-Küche-links-neben-dem-Boilerraum, um die Verpflegungssituation für die Party zu überprüfen.

»Wenn er davon erfährt, ist es aber keine Überraschung«, erklärte Wanda. Typisch. Mein Onkel Drac nennt so etwas »pedantisch«. Ich weiß nicht genau, was das heißt, aber es klingt irgendwie passend für Wanda, wenn ihr mich fragt. Man könnte wahrscheinlich auch »pingelig« sagen.

»Wir *müssen* nicht unbedingt eine Überraschungsparty für ihn machen«, sagte Wanda. »Vielleicht würde er ja gern mal ein Rennauto fahren oder so. Das hat meine Mama gemacht, als sie vierzig wurde. Einen eigenen Sturzhelm hat Sir Horace ja schon.«

Der Vorschlag überzeugte mich nicht. Irgendwie hatte ich das Gefühl, dass Sir Horace und Rennautos nicht so richtig zusammenpassten.

»Oder wir könnten ihm ein richtig gutes Geschenk kaufen«, sagte Wanda. »Natürlich ist es sinnlos, ihm Socken zu kaufen, weil er ja keine Füße hat. Rasierwasser geht auch nicht, weil er sich nicht rasiert. Oder Taschentücher, weil er keine Nase hat, oder Boxershorts, weil er kein ...«

»Ja, ja, ich weiß, Wanda. Du musst nicht endlos Sachen aufzählen«, sagte ich. Manchmal merkt Wanda einfach nicht, wann es genug ist.

Das Essen für die Party war kein Problem. Brendas ganzer Schrank war voll mit Chips und Süßigkeiten. Er war sogar so voll, dass eine Sturzflut von Gummibärchentüten auf Wandas Kopf prasselte, als sie die Tür öffnete. Eine der Tüten platzte auf, deshalb mussten wir die Bären restlos aufessen, weil Tante Tabby immer sagt: »Wenn du Schweinerei machst, Araminta, putzt du sie auch weg.«

Wir hatten fast alle Bären verputzt, als ein dumpfer Schlag durch die Wände der Küche drang. Er erschütterte den Schrank und eine neue Flut Gummibärchen stürzte auf Wandas Kopf.

»Autsch! Was war das?«

»Woher soll ich das wissen?«, sagte ich. Wanda glaubt immer noch, ich weiß alles, was in diesem Haus vorgeht. Aber alles kann ich auch nicht wissen.

Wanda schluckte die letzten Bären hinunter. »Hat sich angehört, als ob jemand einen großen Sack Kartoffeln aus einem der oberen Fenster geworfen hätte«, sagte sie.

»Sei nicht blöd«, sagte ich. »Wer sollte denn einen großen Sack Kartoffeln aus einem ... Onkel Drac!« Plötzlich wusste ich, was passiert war. Ich schoss aus der Tür und rannte Tante Tabby über den Haufen.

»Das war Drac!«, rief Tante Tabby. »Komm, Araminta! Schnell!« Sie rappelte sich vom Boden auf, preschte um die Ecke und hastete durch den langen, gewundenen Kellergang. Ich konnte nicht viel von ihr sehen, weil im Keller die Glühbirnen schon seit Jahren durchgebrannt sind, und auch, weil Tante Tabby immer Schwarz trägt. Aber das war jetzt nicht wichtig. Mir war klar, wohin sie lief: zur Dung-Luke des Fledermausturms.

Wanda war dicht hinter mir. »Warum«, japste sie, »sollte Onkel Drac einen Sack Kartoffeln aus dem Fenster werfen wollen? Und was soll eigentlich die Aufregung? Wir können sie doch jederzeit wieder aufklauben. Kartoffeln gehen nicht so leicht kaputt. Wenn er zum Beispiel einen Sack Eier aus dem ...«

»O Mann, sei still, Wanda«, rief ich.

Wie gesagt, Wanda ist pingelig und weiß nicht, wann sie besser den Mund halten sollte.

Sie denkt auch nicht nach. Hätte sie nämlich mal mit ihrem Geplapper aufgehört und nur einen Moment nachgedacht, hätte sie alles begriffen: Der dumpfe Schlag, den wir gehört hatten, kam daher, dass Onkel Drac in seinem Schlafsack vier Stockwerke tief durch den Fledermausturm gefallen war. Was nicht gerade angenehm war, besonders nicht für Onkel Drac.

Am Ende des Gangs kam Tante Tabby schlitternd zum Stehen. Vor uns, am Fuß von Onkel Dracs Turm war die Luke für den Kot der Fledermäuse. Sie sah aus wie eine riesige schwere Katzenklappe. Tante Tabby stieß sie auf und griff nach Onkel Dracs Schaufel, die neben der Klappe lehnte. Dann fing sie an zu graben.

Tante Tabby kam mir vor wie ein Hund, der nach seinem Knochen buddelt. Fledermauskot flog nach allen Seiten, als sie in rasender Geschwindigkeit große Schaufelladungen aus der Luke warf. Ich brachte mich schleunigst in Sicherheit, aber Wanda, die die Klappe noch nie gesehen hatte, war nicht so schnell.

»Iiiih!«, schrie sie auf, als sich eine Ladung Fledermauskot über sie ergoss. »Wie eklig!«

»Psst, Wanda!«, sagte Tante Tabby. »Ich meine, ich hätte Drac gehört. Araminta, hörst du was?«

Ich lauschte angestrengt, während immer mehr Fledermauskot durch die Luft flog.

»Ärrrrgh ...« Ein schwaches Stöhnen kam aus dem Inneren des Turms.

»Drac! Drac, ist alles in Ordnung?«, schrie Tante Tabby. »Halt durch, Drac, wir holen dich raus!«

»Krrrgh ... Pschrrrgh ...«

»Was macht er da drin?«, fragte Wanda. »Ich dachte, er ist oben mit den Kartoffeln?«

»Welche Kartoffeln?«, fragte Tante Tabby misstrauisch.

»Hör nicht auf Wanda«, sagte ich. »Grab weiter.«

»Wonach?«, fragte Wanda, die sehr neugierig ist. »Warum sagt mir keiner, was los ist?«

»Geschafft!«, keuchte Tante Tabby, die inzwischen einen schräg nach oben führenden Tunnel durch den Kot gegraben hatte. Sie kramte ihre Taschenlampe heraus und leuchtete durch den Tunnel: Oben im Turm waren die Dachbalken zu erkennen, an denen Onkel Dracs Schlafsack gewöhnlich hängt. Er war nicht da.

»Halt mal die Schaufel, Araminta«, sagte Tante Tabby. »Ich geh rein.« Ich hielt also die Schaufel und sah zu, wie Tante Tabby durch die Klappe kroch und verschwand.

»Brrrh«, machte Wanda und hielt sich die Nase zu. »Wie kann sie da bloß reingehen?«

»Onkel Drac ist gerade vier Stockwerke tief durch den Fledermausturm gefallen und Tante Tabby will ihn retten, *deshalb* kann sie da reingehen.«

Wanda machte ein verblüfftes Gesicht. »Aber ich dachte, du hast gesagt, dass ...«

»Und ich werde ihr dabei helfen«, sagte ich. Ich fand es inzwischen angenehmer, durch mehrere Tonnen Fledermausdreck zu kriechen, als zu versuchen, Wanda etwas zu erklären.

Natürlich war es dann doch sehr viel unangenehmer. Es stank widerwärtig und der Kot war zum Teil scheußlich weich und matschig. Trotzdem kroch ich hinein und es dauerte nicht lange, da stand ich auf dem Boden des Turms. Na ja, nicht direkt auf dem Boden – ich stand auf dem Berg Fledermauskot, der den Boden bedeckte. Und auf diesem Berg Fledermauskot lag ein großer, geblümter Schlafsack.

»Aaahrrg …«, stöhnte der Schlafsack.

Tante Tabby hatte sich da-

nebengekniet und ich konnte Onkel Dracs weißes Gesicht herauslugen sehen. Er sah nicht sehr gut aus.

»Alles in Ordnung, Drac«, sagte Tante Tabby, aber sie sah nicht so aus, als wäre alles in Ordnung.

»Nein ... eben nicht«, jammerte Onkel Drac. »Etwas *Schreckliches* ist passiert.«

»Oh, Drac, mein Lieber, sag mir, was ... was passiert ist. Was hast du getan?« Tante Tabby schnappte nach Luft.

Langsam hob Onkel Drac den Kopf und Tante Tabby und ich beugten uns dicht über ihn, um zu hören, was er sagen wollte. Wir dachten beide, dass es Onkel Dracs *letzte Worte* sein könnten.

»Ich ... ich habe Big Bat zerdrückt«, stöhnte er.

~3~

Die Besen-kammer

Am nächsten Morgen rief Tante Tabby zu unserem Samstagszimmer herauf: »Onkel Drac ist aus dem Krankenhaus zurück. Zwei gebrochene Beine, nichts Ernstes.«

Ich schoss aus meinem Bett und schaute durch die kleine Falltür hinunter. Tante Tabby stand am Fuß der Strickleiter im Gang.

»Zwei gebrochene Beine?«, sagte ich. »Aber das ist doch schrecklich, Tante Tabby.«

»Besser als drei, mein Kind«, sagte sie energisch. »Drac liegt in der Besenkammer. Ich möchte, dass ihr euch heute Morgen leise verhaltet und ihn in Ruhe lasst.«

Wanda setzte sich im Bett auf und ihr Haar stand hoch wie immer. »Warum ist er in der Besenkammer?«, fragte sie. »Sollte er nicht lieber im Bett liegen?«

»Onkel Drac hat doch kein Bett, Dummi«, sagte ich. »Er schläft immer in seinem Schlafsack im Fledermausturm.«

»Warum?«, fragte Wanda und rieb sich die Augen.

»Keine Ahnung. Wahrscheinlich, weil er gern bei seinen Fledermäusen ist. Komm, wir besuchen ihn.«

»Aber Tante Tabby hat doch gesagt ...«

»Pah«, sagte ich. »Wenn man immer auf alles hören würde, was Tante Tabby sagt ... Komm, Wanda. Steh auf!« Und ich zog ihr die Decke weg.

Die Besenkammer ist unten neben der Hintertür. Barrys Frösche hockten davor und wir konnten Barrys Stimme aus der Besenkammer hören. Er stritt mit Onkel Drac.

»Ich weiß nicht, warum du dich so aufregst, Drac«, sagte er mürrisch. »Ich hab doch gesagt, ich fahre gleich.«

»Du hast versprochen, es schon in der vergangenen Nacht hinzubringen«, maulte Onkel Drac.

»Habe ich nicht«, sagte Barry. »Ich habe versprochen, dass ich es liefern werde. Ich habe nicht gesagt, dass ich das elende Zeug Punkt Mitternacht hinbringe. Das ist doch lächerlich, Drac.«

»Es ist *nicht* lächerlich«, knurrte Onkel Drac. »Ich liefere immer nachts. Seit Jahren schon. Der alte Morris erwartet es so und die Pilze mögen es so.«

»Woher willst du denn wissen, was Pilze mögen?«, fragte Barry.

»Ich verstehe Pilze«, sagte Onkel Drac. »Pilze und ich, wir haben vieles gemeinsam. Wir lieben Dunkelheit, Frieden und Stille. Und jetzt geh, mach die Tür zu und lass mich in Ruhe.«

Barry kam aus der Besenkammer gestürmt und wäre beinahe auf einen seiner Frösche getreten. »Ich würde da nicht reingehen«, sagte er zu uns. »Er hat furchtbar schlechte Laune. Hat jemand Lust auf eine Fahrt zur Pilzfarm? Ich könnte ein bisschen Hilfe gebrauchen.« Er sammelte seine Frösche auf und steckte sie in die Tasche.

»Ich fahre mit, Papa«, sagte Wanda und lief davon, ohne wenigstens mal nachzusehen, wie es Onkel Drac ging.

Ich schob die Tür zur Besenkammer auf und blinzelte hinein. Es war fast dunkel darin. Tante Tabby hatte eine Decke vor das winzige Fenster gehängt, um das Licht abzuhalten. Onkel Drac mag kein Tageslicht. Ich schlüpfte in die Besenkammer und zog die Tür hinter mir zu. Alles, was ich erkennen konnte, waren Onkel Dracs weiße Gipsverbände, die auf einem Schemel ruhten, aber Onkel Drac, der im Dunkeln umso besser sehen kann, sagte: »Hallo, Minty! Mach ruhig das Licht an, wenn du willst. Ich kann auch im Hellen stricken.«

»*Stricken*, Onkel Drac?« Ich war leicht irritiert. Ich hatte nicht gewusst, dass Onkel Drac gern strickte.

»Beim Stricken vergisst man seinen Jammer – laut Tante Tabby«, sagte Onkel Drac düster. Er wedelte mit einem Paar Stricknadeln und einem Knäuel grünem Garn. »Ich an deiner Stelle wäre vorsichtig, Minty. Nur *eine* Klage, und du musst auch einen Schal stricken.«

Ich warf einen Blick auf das grüne Wollgewirr auf Onkel Dracs Beinen. »Das ist ein *Schal*, Onkel Drac?«, fragte ich.

»Natürlich ist das

ein Schal. Siehst du das nicht?« Und dann sagte er: »Minty, würdest du mir einen Gefallen tun?«

»Klar, Onkel Drac.«

»Würdest du in den Fledermausturm gehen und nachsehen, ob Big Bat … platt gedrückt ist?«

»Platt gedrückt, Onkel Drac?«

»Äh, ja. Ich bin letzte Nacht auf ihn draufgefallen. Und ich habe ihn nirgendwo mehr gesehen, als Tabby und Barry mich rausholten.«

»Dann ist er ganz bestimmt platt gedrückt«, sagte ich. »Zermatscht sogar. Du bist ziemlich schwer, Onkel Drac. Verglichen mit einer Fledermaus bist du sogar ungeheuer schwer.«

Onkel Drac stöhnte.

»Tun deine Beine weh?«, fragte ich.

»Big Bat, Minty, Big Bat. Such ihn, ja?«

Ich antwortete nicht gleich, weil ich gerade etwas Interessantes gesehen hatte: zwei spitze Metallfüße, die unter einem Stapel Mäntel hervorragten. Hier also hielt sich Sir Horace versteckt! Ich beschloss, ihn nicht anzusprechen, damit er nicht etwa wieder verschwinden würde. Ich dachte mir, wenn seiner Meinung nach niemand wusste, wo er steckte, würde er wohl hier stehen bleiben.

Ich überließ Onkel Drac seiner Strickerei und machte mich auf die Suche nach Big Bat. Ich *wollte* Big Bat eigentlich nicht finden, denn ich bin nicht besonders scharf auf zerdrückte Fledermäuse, und Big Bat würde einen ganz besonders scheußlichen Haufen abgeben. Aber, Strickerei hin oder her, ich wusste, dass mich Onkel Drac immer wieder nach Big Bat fragen würde, bis ich ihn am Ende doch suchen müsste.

Als ich hinunter zur Dungklappe kam, standen vier Säcke Fledermauskot an der Wand – Barry und Wanda machten gerade Onkel Dracs Lieferung fertig. Onkel Drac arbeitet nämlich im Düngergewerbe. Seine Firma heißt *Dracs Fledermausdreck*. Er liefert säckeweise Fledermauskot an Farmen, als Dünger, aber in letzter Zeit ist das

Geschäft sehr zurückgegangen. Genau genommen hat Onkel Drac nur noch einen einzigen Kunden, die Morris-Pilzfarm an der Küste.

Ich holte tief Luft und kroch in den ansteigenden Tunnel hinein. Oben angekommen konnte ich kaum etwas erkennen. Überall flogen Fledermäuse herum und der Fledermausdreck fiel wie Regen herunter.

Barry und Wanda füllten gerade den letzten Sack. Wanda hielt mit einer Hand den Sack auf, mit der anderen hielt sie einen großen Schirm über ihren Kopf, um dem herabregnenden Fledermauskot zu entgehen.

»Braucht ihr Hilfe?«, fragte ich.

»Oh, vielen herzlichen Dank«, sagte Wanda schnippisch, »aber *jetzt* sind wir fertig.«

Barry schaufelte die letzte Ladung in den Sack, dann schleppte er ihn mit Wanda hinunter zu den anderen vier Säcken im Kellergang. Ich sah mich flüchtig nach Big Bat um, konnte aber rein gar nichts erkennen. Eine neue Schicht Fledermauskot war entstanden und Wanda und Barry hatten ohnehin alles zertrampelt. Big Bat war höchstwahrscheinlich Geschichte, dachte ich. Aber ich hatte keine Lust, zu Onkel Drac zu gehen und ihm das zu sagen. Jedenfalls nicht sofort.

»Das war's«, sagte Barry, als ich aus der Klappe gekrochen war. »Schaffen wir die Säcke in den Wagen.«

Barry hatte Onkel Dracs Lieferwagen vor die hintere Tür gefahren. Er und Wanda hievten die Säcke auf die Ladefläche, und ich sagte ihnen, wo sie sie

hinstellen sollten. Dann stiegen Barry und Wanda ein. Wanda knallte die Tür zu und Barry ließ den Motor an.

»He, was ist mit mir?« Ich klopfte an Wandas Fenster.

Wanda kurbelte die Scheibe herunter. Zwischen ihr und Barry saßen die albernen Frösche. »Hier ist kein Platz mehr«, sagte sie.

»Doch. Ich kann neben den Fröschen sitzen.«

»Das geht nicht, du würdest sie zerdrücken«, antwortete sie. »Wenn du mitwillst, kannst du ja hinten einsteigen.«

»Du machst wohl Witze«, sagte ich.

»Minty, bist du das?«, hörte ich in diesem Augenblick Onkel Dracs Stimme aus der Besenkammer. »Hast du Big Bat schon gefunden, Minty? *Minty?*«

Da öffnete ich die hintere Tür des Lieferwagens und sprang hinein. Sofort wünschte ich, ich hätte es nicht getan. Der Gestank war *umwerfend.*

~4~

Die Pilzfarm

Die Fahrt hinten in Onkel Dracs Lieferwagen war ganz und gar entsetzlich.

Das Problem bestand darin, dass Barry und Wanda nicht den richtigen Fledermauskot in die Säcke geschaufelt hatten. Onkel Drac verwendet immer das alte trockene Zeug, aber sie hatten frischen Kot abgefüllt. Es war wirklich ganz und gar unangenehm.

Das noch größere Problem war, dass Barry kein guter Autofahrer ist. Er kann andere Autos nicht leiden, und sobald er eines sieht, tritt er mit voller Wucht auf die Bremse. Oder aber er gibt plötzlich Gas und versucht, mit Höchstgeschwindigkeit dem anderen zu entkommen. Mir war im Nu speiübel. Ich lehnte mich gegen die stinkenden feuchten Säcke und stöhnte – da pikste mich einer dieser feuchten Säcke in die Rippen.

»Aua!«, rief ich. Ich war so verblüfft, dass ich aufsprang und mit dem Kopf gegen das Wagendach stieß.

»Autsch!«

Schnell setzte ich mich wieder und landete auf demselben Sack, der jetzt laut quiekte. In diesem Augenblick bog der Wagen in hohem Tempo um eine Kurve und alle Säcke rutschten auf eine Seite und rissen mich mit. Der piksende Sack kippte um, Fledermauskot quoll über den Boden. Und noch etwas quoll heraus – Big Bat.

Big Bat hat ein ähnliches Wesen wie Onkel Drac, deshalb kommen sie auch so gut miteinan-

der aus. Er ist eine griesgrämige alte Fledermaus, die es nicht gern hat, wenn ihre gewohnte Ordnung gestört wird – und da Big Bats gewohnte Ordnung in den letzten Stunden im höchsten Maß gestört worden war, ließ ich ihn in Ruhe. Er schüttelte seine Flügel aus, dann taumelte er in die hinterste Ecke des Wagens, faltete sich zusammen und machte ein finsteres Gesicht. Ich konnte nachfühlen, wie ihm zumute war.

Gut, dass ich Big Bat gefunden hatte. Ich stellte mir gerade vor, wie sich Onkel Drac freuen würde, da trat Barry auf die Bremse und der Lieferwagen kam schleudernd zum Stehen. Big Bat, die Säcke und ich rutschten nach vorn. Wir hatten die Pilzfarm erreicht.

Barry öffnete die Türen und ich purzelte hinaus, nach frischer Luft ringend.

»Du hast ja ein wüstes Durcheinander gemacht da drin«, sagte Wanda vorwurfsvoll, während ich steifbeinig eine Stelle mit Gras ansteuerte und mich auf den Boden warf.

»Ich?«, keuchte ich. »*Ich* habe ein Durcheinander gemacht?«

Doch Wanda, die eigentlich meine beste Freundin sein sollte, zeigte kein bisschen Mitgefühl – obwohl ich möglicherweise gerade meinen letzten Atemzug tat. Sie stiefelte davon und half Barry beim Abladen. Als Barry anfing, den verschütteten Kot wieder in den umgekippten Sack zu füllen, fiel mir Big Bat ein, der beleidigt in der hinteren Wagenecke hockte.

Der Laderaum des Lieferwagens war das Letzte, wonach ich mich sehnte. Aber ich sprang hinauf und rettete Big Bat, gerade als Barry drauf und dran war, ihn wieder in den Sack zu schaufeln. Ich suchte nach einer Stelle, wo er in Sicherheit sein würde – und hängte ihn schließlich am Rückspiegel auf. Die Frösche schienen nicht sehr erfreut.

Die Pilzfarm war ein befremdlicher Ort, nichts weiter als ein paar halb verfallene Gebäude und daneben eine Ansammlung schäbiger alter Schuppen, in denen die Pilze wuchsen. Kein Mensch war zu sehen. Es war ein bisschen unheimlich.

»Du siehst recht blass aus, Araminta«, sagte Barry, der im Gegensatz zu seiner Tochter ein rücksichtsvoller Mensch ist. »Lauf doch mit Wanda ein bisschen am Strand herum, während ich den alten Morris suchen gehe.«

Der Weg führte von der Pilzfarm weg zu einer niedrigen Klippe. Wanda und ich stiegen ein paar alte Holzstufen hinunter und rannten zum Strand. Es war Ebbe, deshalb gab es jede Menge feuchten Sand, mit dem ich Wanda bewerfen konnte. Aber sie verlor bald die Lust daran und untersuchte lieber die Höhlen am Fuß der Klippen.

Nach einer alten Erzählung sollen hier Schmugglerhöhlen gewesen sein, und es heißt, dass eine davon durch einen Gang direkt mit unserem Haus verbunden sei. Einmal habe ich Tante Tabby gefragt, ob das stimme, aber sie hat nur gesagt, man sollte nicht alles glauben, was man hört. Und warum sollten Schmuggler ausgerechnet den weiten Weg bis zu *unserem* Haus zurücklegen wollen, wo doch genügend andere Häuser näher an der Küste stehen? Logischer fand ich die Frage: Warum sollten Schmuggler zu einem Haus gehen wollen, in dem Tante Tabby wohnt. Sie würden sich nur Scherereien einhandeln.

Wanda war in einer kleinen Höhle verschwunden. Ich wartete, dass sie herauskommen würde, aber sie kam nicht. Was machte sie da drin? Allein war es langweilig am Strand, deshalb folgte ich ihr nach einer Weile.

Die Höhle war sehr eng und roch nach Seetang. Sie hatte einen sandigen Boden und ein hohes Felsendach. Ich hielt Ausschau nach Wanda, aber sie war nicht da. Vielleicht versteckt sie sich, dachte ich, und will mich erschrecken, aber ich konnte nirgendwo ein Versteck sehen.

»Wanda!«, rief ich. »Hee, Wan-daaa!«

»Wanda Wanda Wanda Wand-daaa«, kam das Echo zurück.

Ich ging tiefer in die Höhle hinein und knipste meine Taschenlampe an (Onkel Drac hat mir zum Geburtstag eine Taschenlampe geschenkt, die man am Schlüsselbund befestigen kann, und ich habe sie immer bei mir, für alle Fälle). Vielleicht, dachte ich, lauert mir Wanda in einem besonders dunklen Winkel auf. Das macht sie manchmal, weil sie es für witzig hält – es ist aber nicht witzig –, und deshalb leuchtete ich mit der Taschenlampe alles gründlich ab.

Aber bald hatte ich das Ende der Höhle erreicht und nirgendwo war eine Spur von Wanda. Wo steckte sie?

»Buuh!«, schrie Wanda. Urplötzlich stand sie vor mir. »Ha ha ha, ich hab dich, ich hab dich!«

»Du sollst mich nicht immer so erschrecken!«, sagte ich böse. »Wo warst du?«

Wanda war sehr zufrieden mit sich.

»Ich war da oben«, sagte sie und zeigte zur Decke der Höhle.

»Sehr witzig, Wanda. Wie kann man denn da rauf?«

»Komm mit, ich zeig's dir«, sagte sie und knipste *ihre* Taschenlampe an. Wanda ist manchmal eine solche Nachmacherin.

Ich hatte mich die ganze Zeit so darauf konzentriert, dass Wanda jeden Augenblick irgendwo hervorspringen würde, dass ich die in die Höhlenwand eingemeißelten, schmalen Stufen glatt übersehen hatte. Ich stieg hinter Wanda her auf einen schmalen Felsvorsprung oben in der Wand. Hier lagen Steinbrocken und Felsen, die sich bis unter die Höhlendecke türmten, deshalb reichte der Platz gerade so für uns beide.

Wanda war ganz begeistert. »Sieh mal, was ich gefunden habe«, sagte sie. Sie leuchtete mit der Taschenlampe durch einen schmalen Spalt zwischen den Steinen und ich blinzelte hinein. Zuerst konnte ich nicht erkennen, was Wanda meinte, aber dann, als sie den Lichtstrahl hin und her bewegte, sah ich das Glitzern von Metall.

»Es ist ein Schwert«, sagte Wanda in höchst selbstzufriedenem Ton.

»Woher weißt du das?«, fragte ich.

»Weil ich eine halbe Ewigkeit hingeschaut habe. Ich bin sicher, dass es ein Schwert ist. Sieh noch mal ganz genau hin.«

»Und wie soll ich das machen, wenn du auf meinem Fuß stehst?«, sagte ich. Wanda hat – für eine so kleine Person – erstaunlich große Füße und noch dazu trägt sie immer große Stiefel.

Wanda stieg von meinem Fuß herunter und ich linste ein zweites Mal durch den Spalt. Ich wollte es nicht zugeben, aber Wanda hatte offenbar recht. Jenseits des Steinhaufens konnte ich eine kleine runde Grotte erkennen. Und mitten auf dem sandigen Boden lag ein Schwert. Ein richtig großes, echtes Schwert.

»Das wäre ein tolles Geschenk zum fünfhundertsten Geburtstag von Sir Horace«, sagte Wanda.

Ich musste zugeben, dass Wanda auch damit recht hatte.

»*Wäre* es, wenn wir's herausholen könnten«, sagte ich. »Aber zwischen diesen Felsen kommt man unmöglich hindurch.«

»Nein, wahrscheinlich nicht.« Wanda klang enttäuscht. »Wir müssen jetzt sowieso gehen; Papa wird sich längst wundern, wo wir so lange bleiben.«

Auf dem Rückweg zur Pilzfarm grübelte ich über die Sache mit dem Schwert und Sir Horace'

Geburtstag nach. Und kurz bevor wir beim Wagen waren, sagte ich zu Wanda: »Ich weiß, wie wir uns dieses Schwert für Sir Horace holen können.«

»*Wie?*«, fragte Wanda.

»Ich sag's dir nachher«, sagte ich. »Ich hab einen Plan.«

~5~

Der alte Morris

Mein Plan verblasste, als wir zurück bei der Pilzfarm waren.

Am Tor angekommen hörten wir jemanden schreien, und es war nicht Barry. Dann sahen wir, wie Barry aus einem der Schuppen gestoßen wurde, und zwar von einem großen dünnen Mann mit Pferdeschwanz und einer sehr lauten Stimme – Morris FitzMaurice, der Betreiber der Pilzfarm, oder auch »der alte Morris«, wie Onkel Drac ihn immer nennt.

»Hören Sie«, brüllte er, »ich benutze jetzt sauberen chemischen Dünger, der in schönen sauberen Säcken und zu einer angemessenen Tageszeit geliefert wird. Sie können diesem schaurigen Typen ein für alle Mal sagen, dass ich nichts mehr von seinem widerlichen Fledermauskot brauche. Verstanden?«

»Aber …«, versuchte Barry einzuwerfen, doch der Pferdeschwanzmann war noch längst nicht fertig.

»Keine Ahnung, was der sich eigentlich denkt – kommt mitten in der Nacht mit seinen Säcken an, weckt hier alles auf, will mir erzählen, wie ich mit meinen Pilzen umgehen muss, und hört gar nicht hin, wenn ich ihm klarzumachen versuche, dass ich nichts mehr von dem Zeug haben will. Also sag ich es jetzt *Ihnen*: Ich hab die Nase gestrichen voll! Verstanden?«

»Äh, ja«, sagte Barry, »ich denke schon.«

»Gut«, schnauzte der Pferdeschwanzmann. »Und die stinkigen Säcke da können Sie gleich wieder mitnehmen.« Damit stapfte er zurück in den Schuppen und schlug die Tür hinter sich zu.

Barry machte sich daran, die Säcke wieder zum Wagen zu schleppen. Er sah *sehr* ärgerlich aus.

Auf dem Heimweg saß ich vorn im Wagen, da ich mich schlichtweg weigerte, noch einmal neben den Säcken zu sitzen. Es war keine lustige Fahrt. Einer von Barrys Fröschen fehlte und Big Bat sah plötzlich viel dicker aus als sonst.

»Ich weiß genau, dass ich heute Morgen fünf Frösche hatte«, sagte Barry.

»Ja, Papa, das stimmt.« Wanda funkelte mich an, als wäre die Sache mit dem Frosch meine Schuld. Big Bat baumelte am Rückspiegel und jedes Mal, wenn Barry in den Spiegel schaute, starrte Big Bat ihn wütend an. Als wäre er Onkel Drac persönlich.

»Was wird Drac bloß sagen?«, murmelte Barry, während er mit quietschenden Reifen um eine Kurve bog und Big Bats Kopf gegen die Windschutzscheibe schlug.

»Eine Menge wahrscheinlich«, sagte ich.

»Er wird mir die Schuld geben«, sagte Barry.

»Ja«, nickte ich.

»Er wird sagen, es sei meine Schuld, weil ich das Zeug nicht letzte Nacht schon hingebracht habe.«

»Ja«, sagte ich.

Während der restlichen Heimfahrt sagte Barry kein Wort mehr.

Als wir nach Hause kamen, parkte er den Wagen vor dem Haus, damit Onkel Drac es nicht hö-

ren würde. Ich nahm Big Bat vom Rückspiegel. Ich freute mich darauf, ihn Onkel Drac zu bringen. Aber ich freute mich nicht auf seine Reaktion, wenn er erfahren würde, was der alte Morris gesagt hatte.

»Sagst du es Onkel Drac jetzt gleich?«, fragte ich Barry, der den Kopf unter den Sitz gesteckt hatte. Er suchte seinen Frosch.

Barry murmelte etwas.

»Irgendwann wirst du's ihm erzählen müssen, Papa«, sagte Wanda.

Barry tauchte auf, um Luft zu holen. »Später«, sagte er. »Ich erzähle es ihm später. Wenn es ihm besser geht.«

»Du meinst, wenn es *dir* besser geht?«, sagte Wanda.

Barry seufzte. Er nahm seinen Hut ab und schnippte mit den Fingern. Alle Frösche, die nicht von Big Bat gefressen worden waren, sprangen auf seinen Kopf. Dann setzte Barry den Hut wieder auf und machte sich daran, die Säcke aus dem Wagen zu holen.

Ich schlich zur Besenkammer und öffnete die Tür

einen Spalt. Dann warf ich Big Bat hinein. Fledermäusen macht es nichts aus, wenn man sie wirft. Sie fliegen dann einfach, wohin sie wollen, und genau das tat Big Bat jetzt. Er schwirrte in die Ecke, in der sich Sir Horace versteckt hielt, und ließ sich auf einem alten Mantel nieder.

»Big Bat – oh, *Big Bat*!«, keuchte Onkel Drac. Er klang überglücklich. Ich blinzelte durch den Türspalt und Onkel Drac sah mich.

»Minty!« Er lächelte. »Ich *wusste*, dass du Big Bat finden würdest. Wo war er?«

»In einem Sa... ich meine, an einem sicheren Ort, Onkel Drac. Es ist ihm gut ergangen. Wirklich gut.« Onkel Drac sah so froh und zufrieden aus, dass ich die Stimmung nicht verderben wollte, indem ich von der Pilzfarm sprach. Ich sagte also nichts. Leider fing Onkel Drac davon an.

»Hat Barry den Fledermauskot zur Pilzfarm gebracht?« Onkel Drac nahm sein komisches grünes Strickzeug zur Hand.

»Ja, Onkel Drac. – Du, das wird wirklich ein sehr schöner Schal, den du da strickst.«

»Findest du, Minty? – Und Barry hat den Kot doch wohl *persönlich* an den alten Morris geliefert?«

»O ja, natürlich hat er persönlich mit ihm gesprochen, Onkel Drac. Keine Frage. – Dein Schal ist eigentlich schon ziemlich lang, wie?«

»Ja. Ich brauche bald wieder neue Wolle. – Hat es dem alten Morris nichts ausgemacht, dass der Fledermauskot zu spät geliefert wurde, Minty?«

»Warte, ich will sehen, ob ich noch Wolle für dich auftreiben kann, Onkel Drac. Bin gleich zurück.«

Puh! Ich verließ fluchtartig die Besenkammer und prallte vor der Tür mit Wanda zusammen.

»Hast du's ihm erzählt?«, flüsterte sie.

»Nein. Das kann Barry ihm selber sagen. Außerdem haben wir zu tun. Mein Plan – weißt du noch?«

Wanda sah nicht so beeindruckt aus, wie sie hätte sollen.

»Was ist denn das für ein Plan?«, fragte sie misstrauisch.

~6~

Die Schnurspur

Eine Schnur ist sehr wichtig, wenn man einen Geheimgang erforschen will. Das Problem war, dass ich keine fand. Meine übrige Geheimgangausrüstung lag bereit – die große Taschenlampe, Käse-Zwiebel-Chips und eine Dose Cola. Aber die Schnur war verschwunden. Wahrscheinlich hatte Tante Tabby sie an sich genommen.

Wanda löcherte mich mit einem Haufen lästiger Fragen nach meinem Plan. Aber ich sagte, es sei zwecklos, darüber zu reden, weil er sich nicht verwirklichen lasse, solange wir keine Schnur fänden – und wir bräuchten ein Riesenknäuel davon. Wanda machte sich also auf die Suche und ich blieb auf der Dachbodentreppe sitzen und durchdachte meinen Plan.

Es war ein hervorragender Plan, aber das sind meine Pläne schließlich immer. Wir würden losziehen, das Schwert aus der Grotte holen und es Sir Horace zum Geburtstag schenken. Und wie würden wir das anstellen? Erraten! Wir würden durch den Geheimgang der Schmuggler zur Grotte kommen. War das etwa kein Superplan?

Je länger ich darüber nachdachte, desto sicherer war ich mir, dass Tante Tabby sich geirrt hatte mit ihrer Vermutung, dass sich Schmuggler nicht gerade unser Haus aussuchen würden. Das Haus war sogar sehr günstig für Schmuggler – es gab viele Räume, um Sachen zu verstecken, und es lag weit genug vom Meer entfernt, als dass jemand etwas ahnen würde. Als ich den Geheimgang entdeckt hatte, war ich ihm bis kurz hinter den Boilerraum im Keller gefolgt. In diesem Teil des Gangs lebt Edmund. Ich war damals nicht weitergegangen, aber ich hatte gesehen, dass der Gang weiterführte. Und wohin sonst als zur Grotte sollte er führen? Die Sache lag klar auf der Hand.

Da erschien Wanda mit einem dicken Knäuel grünem Bindfaden. »Das hat mir Mama geliehen«, sagte sie. »Aus ihrer preisgekrönten Bindfaden-Sammlung. Aber sie will es zurückhaben.«

Ich lächelte. Manchmal kann Wanda ganz nett sein.

»Erzählst du mir *jetzt* deinen Plan?«, sagte sie.

Kurz darauf kletterten wir die wacklige alte Leiter hinunter, die von Sir Horace' Zimmer aus abwärtsführt. Wanda gefiel das gar nicht. Ständig hatte sie irgendwelche Bedenken. »Hier unten hausen vielleicht eklige Wesen«, sagte sie. Oder: »Woher weißt du, dass der Gang zur Grotte führt?« Ich antwortete ihr sehr ruhig, weil jedes Mal, wenn sie etwas sagte, die Leiter schwankte, und ich mich nur mit einer Hand festhalten konnte – ich war diejenige mit der Taschenlampe.

Aber als wir die Leiter zur Hälfte hinabgestiegen waren, blieb Wanda plötzlich stehen und jammerte: »Stell dir vor, wir verirren uns und finden nie mehr zurück und laufen für den Rest unseres Lebens hier unten im Dunkeln herum – *für immer?*« Die Leiter schwankte so heftig, dass ich beinahe herunterfiel.

»Ach, *sei still*, Wanda«, sagte ich.

Sie sagte nichts mehr.

Bald kamen wir am Fuß der Leiter an, worüber ich sehr erleichtert war. Wanda aber blickte immer noch unglücklich drein.

»Sieh mal, Wanda«, sagte ich sehr geduldig. »Wir haben das Ende der grünen Schnur an der Geheimtür festgebunden, ja?«

Wanda nickte.

»Und du hast das Knäuel bei dir, ja?«

Wanda nickte wieder.

»Wir müssen also nichts weiter tun, als die grüne Schnur von deiner Mama beim Gehen abzuwickeln, bis wir bei der Grotte sind. Dann nehmen wir uns das Schwert und folgen der Schnur zurück nach Hause. Pippileicht. Es ist doch völlig unmöglich, dass wir uns verlaufen, oder?«

»Mhm«, sagte Wanda. Dann überlegte sie einen Augenblick. »Höchstens, wenn irgendwer oder irgendwas die Schnur *frisst.*«

»Sehr witzig, Wanda.«

»Und wenn irgendein Wesen erst mal anfängt, die Schnur zu fressen, wird es direkt zu uns geführt und frisst uns auch!«, heulte Wanda los.

»Ach, Wanda, halt die Klappe!«

Der Geheimgang glich mittlerweile einem gewöhnlichen Tunnel. Die Wände waren gemauert und der Gang war so hoch, dass Wanda und ich mühelos aufrecht gehen konnten. Die Decke war gewölbt und ebenfalls gemauert, der Boden mit Sand bedeckt und hart wie festgestampfte Erde. Es war ziemlich warm hier unten, weil wir uns der Stelle näherten, wo der Gang hinter dem Boilerraum vorbeiführt. Ich hielt Ausschau nach Edmund, aber schließlich war es Wanda, die ihn zuerst entdeckte.

»Hallo, Edmund«, sagte sie. Edmund kam hinter einer Krümmung des Gangs auf uns zugeschwebt. Anders als Sir Horace, der wie eine alte Rüstung aussieht, sieht Edmund aus wie ein echter Geist. Er ist ein Junge von schätzungsweise zehn Jahren, aber ein fast durchsichtiger, von einem grünlichen Schimmer umgebener Junge. Sein Haar sieht aus, als wäre es am Rand einer umgestülpten Puddingschüssel entlanggeschnitten worden, und er trägt ein mittelalterliches Gewand mit einer langen Kapuze und einem schönen Degen im Gürtel.

»Schönen guten Tag, Wanda. Schönen guten Tag, Araminta«, sagte Edmund in seiner merkwürdig altertümlichen Redeweise. Meine Nackenhaare sträubten sich, wie immer, wenn Edmund sprach. Seine Stimme klingt hohl und es lässt sich nur schwer einschätzen, woher sie kommt.

»Hallo, Edmund«, sagte Wanda noch einmal.

Edmund schwebte auf lästige Art vor uns hin und her und war einfach nur im Weg. Ich konnte mir lebhaft vorstellen, was für ein nerviger Junge er gewesen sein musste.

»Entschuldige, Edmund«, sagte ich, »wir möchten hier durch. Könntest du vielleicht mal aus dem Weg gehen? Wir wollen nicht durch dich hindurchgehen.«

»Wohin wollt ihr?«, fragte Edmund.

Ich war drauf und dran zu sagen, dass ihn das nichts anginge, da meldete sich Wanda zu Wort und erklärte: »Wir wollen zu der Schmugglergrotte, um das Schwert zu holen. Wenn du willst, kannst du mitkommen, Edmund.«

»Nein, das kann er nicht«, sagte ich zu Wanda. »Wir haben es eilig und Edmund schwebt sehr langsam.« Außerdem – aber das sagte ich nicht laut, weil ich zu höflich bin – ist Edmund für einen Geist ein ziemlicher Langweiler und Streber.

»Ihr müsst umkehren. Weiter dürft ihr nicht«, sagte Edmund mit seiner Geisterstimme.

»Sei nicht albern«, sagte ich und versuchte, ihn aus dem Weg zu schieben.

Es war *schaurig*. Meine Hand stieß widerstandslos durch Edmund hindurch und kam auf seiner anderen Körperseite wieder heraus. Im

Nu wurde ich starr vor Kälte. Ich fror so, dass meine Zähne klapperten, und als ich den Arm zurückriss, waren alle Härchen *vereist*.

»Ahhhh!«, schrie ich.

»Was ist?«, quiekte Wanda entsetzt.

»Edmund! Er ist eiskalt. Es ist scheußlich. Brr.« Wieder schüttelte ich mich vor Kälte. Ich konnte nichts dagegen tun.

Als Wanda die vereisten Härchen auf meinem Arm sah, riss sie die Augen so weit auf, dass ich befürchtete, sie würden herausfallen. Jetzt wird sie gleich völlig durchdrehen vor Angst, dachte ich.

Aber nein. Sie kramte in ihrer Tasche und nahm etwas heraus, dann warf sie blitzschnell eine Handvoll Funkenstaub auf Edmund. *Zschschsch.*

Der Staub legte sich wie Schnee auf ihn. Für einen Moment schien Edmund ratlos, dann gähnte er, legte sich auf den sandigen Boden und schlief ein. Ich war beeindruckt.

»Was war das?«, fragte ich Wanda.

»Schlafschnee«, sagte sie. »Papa hat mir ein bisschen aus seiner Zaubertüte geschenkt. Gut, was?«

»Gut? *Toll* ist das. Wow.« Barry ist Zauberkünstler und manchmal führt er uns seine Tricks vor, aber einen so guten hatte ich noch nie gesehen.

»Dann komm«, sagte Wanda. »Wir sollten jetzt weitergehen.« Sie marschierte los und wickelte dabei das grüne Schnurknäuel ab.

»He, Wanda«, rief ich, »warte auf mich!«

~7~

Der Geheimgang

Nicht lange nachdem wir an Edmund vorbeigegangen waren, stellten wir fest, dass sich die Luft veränderte: Es wurde kalt und feucht und roch nach Erde. Auch die Wände des Tunnels sahen anders aus: Sie waren nicht mehr gemauert, sondern aus grob behauenem Stein, und sie glänzten feucht im Lichtschein meiner Taschenlampe. Da wussten wir, dass wir uns nicht mehr im Inneren des Hauses befanden. Wir waren unter der Erde. So war das.

Der Tunnel war ziemlich breit und Wanda

und ich gingen nebeneinander her. Nach einer Weile flüsterte Wanda: »Wie weit, meinst du, sind wir schon?«

»Ich weiß nicht«, flüsterte ich zurück. Und dann, immer noch flüsternd: »Warum flüstern wir?«

»Weil es unheimlich ist«, flüsterte Wanda.

»Nein, ist es nicht«, sagte ich in normaler Lautstärke, und meine Stimme klang hohl wie die von Edmund. Ein bisschen unheimlich war es vielleicht doch.

Wanda stellte sich geschickt an mit der Schnur. Sie wickelte das Knäuel im Gehen gleichmäßig ab, und als ich einen Blick zurück warf, sah ich die Schnur schön gerade auf dem Tunnelboden liegen. Es war ein beruhigender Gedanke, dass das Ende der Schnur an der Geheimtür unter der Dachbodentreppe festgebunden war.

Wir waren ungefähr eine halbe Stunde unterwegs und mussten meiner Schätzung nach bald unterhalb der Pilzfarm sein, da erreichten wir eine Biegung im Tunnel. Auf einmal sagte Wanda: »In welche Richtung gehen wir jetzt?«

Vor uns teilte sich der Geheimgang in zwei kleinere Tunnel. Beide sahen eng aus und beide

waren dunkel. Mir gefiel weder der eine noch der andere.

»Keine Ahnung«, sagte ich. »Willst du ein paar Chips?«

Käse-Zwiebel-Chips sind immer hilfreich beim Nachdenken, davon bin ich überzeugt. Und tatsächlich, kaum hatten wir sie aufgegessen, wussten wir, was zu tun war.

»Rechts«, sagte ich.

»Links«, sagte Wanda.

Da machten wir Stein, Papier, Schere – dreimal – und Wanda gewann. Dann machten wir es fünfmal und ich gewann. Also nahmen wir den rechten Gang.

Ein Riesenfehler.

Am Anfang sah alles ganz gut aus. Wenigstens einigermaßen. Aber es roch merkwürdig in dem Tunnel, den ich gewählt hatte. Der Geruch erinnerte mich an etwas, aber ich kam nicht drauf, an was. Und dann, gerade als ich spürte, dass es mir jeden Moment einfallen würde, sagte

Wanda: »Welche Richtung *jetzt?*« Als wäre es meine Schuld, dass sich der Tunnel schon wieder verzweigte – dieses Mal in drei Richtungen.

»Mitte«, sagte ich.

»Warum?«, fragte Wanda.

»Warum nicht?«, sagte ich. »Macht ja nichts, wenn's nicht stimmt. Wir können jederzeit an der Schnur entlang wieder zurückgehen und eine andere Richtung ausprobieren.«

Wanda war nicht zufrieden. »Das können wir tagelang machen«, sagte sie. »Außerdem haben wir nicht mehr viel Schnur.«

Wir nahmen den mittleren Tunnel, der für einen Tunnel ganz in Ordnung war, aber immer noch komisch roch – und dann stieß Wanda plötzlich einen Schrei aus.

»Ahhhhh!«

Ich ließ vor Schreck die Taschenlampe fallen.

»Igitt! *Ihhhh!*« Wanda hüpfte herum, als hätte sie etwas gebissen.

»W... was ist?«

»Ich bin ... ich bin auf etwas *Totes* getreten ...«, kreischte Wanda. »Es ... war ganz matschig und ... und scheußlich. Mein Fuß ist direkt durch das Ding durchgeflutscht.« Schaudernd klammerte sie sich an mich. »Ich will nach Hause«, flüsterte sie.

Mit diesem Wunsch war sie nicht allein.

Ich hob meine Taschenlampe auf und Wanda schrie wieder los.

»Alles ist auf einmal ganz weiß«, rief sie. »Sieh mal ...«

Ich wollte eigentlich nicht, aber ich sah doch hin. Der Lichtstrahl erhellte den Boden des Tunnels. Es war das Unheimlichste, was ich je gesehen hatte: Eine Art knubbeliger weißer Teppich lag vor uns.

»Pilze. Du bist bloß auf einen *Pilz* getreten«, sagte ich wütend.

Wanda sah auf ihre Füße. »Oh«, sagte sie. Dann: »Es war aber ein Riesenpilz, Araminta! Sieh doch, enorm! Tritt du mal in einem dunk-

len stinkenden Tunnel auf solche Monsterpilze, dann wirst du schon sehen, wie du das findest.«

»Das ist mir gerade eben passiert«, sagte ich. »Ich hab's überstanden. Und ich hab auch nicht gleich jemandem ins Ohr geplärrt, dass er fast taub wird.«

Wanda gab keine Antwort. Vielleicht sollte ich versuchen, sie ein bisschen aufzuheitern, deshalb sagte ich: »Wenigstens wissen wir, wo wir jetzt sind.«

»Wissen wir nicht«, sagte Wanda mürrisch.

»Doch. Die Pilze hier stammen bestimmt von der Pilzfarm. Ich wette, wir sind jetzt direkt darunter. Und das bedeutet: Wir sind beinahe da. Komm, Wanda. Es lohnt sich, wenn wir dafür das Schwert finden.«

»*Wenn* wir das Schwert finden«, murmelte Wanda.

Danach sagten wir nicht mehr viel außer: »Links«, »Rechts«, »Links – nein, doch rechts«

und: »Ach, sag du doch die Richtung, mir ist's egal.«

Das Problem war, dass sich der Tunnel immer wieder in verschiedene Richtungen verzweigte und wir keine Ahnung hatten, welche zur Höhle führte. Es war wie in einem Labyrinth – einem ekligen Pilzlabyrinth, denn wir traten die ganze Zeit auf Pilze. Zuerst taten sie mir leid, weil sie zermatscht wurden, aber nach einer Weile waren sie einfach nur noch lästig. Und noch dazu unglaublich glitschig.

Wir hofften, jeden Moment die Grotte mit dem Schwert zu finden. Aber alles, was wir fanden, war immer nur wieder der grüne Faden und da wussten wir, dass wir an dieser Stelle schon einmal waren.

Nach einer Weile sagte Wanda: »Es hat keinen Zweck. Wir laufen immer nur im Kreis herum.«

Ausnahmsweise hatte sie recht.

8

Das Fallgitter

Wanda fand es schrecklich, dass wir die ganze Zeit im Kreis herumgelaufen waren. »Pass auf, Wanda«, sagte ich. »Wenn wir das Schwert in fünf Minuten nicht gefunden haben, kehren wir um.«

»Versprochen?«

»Versprochen«, sagte ich. Wir mussten ohnehin bald umkehren, weil unsere Schnur fast aufgebraucht war.

Während der nächsten vier Minuten und vierzig Sekunden sah Wanda ununterbrochen auf ihre Uhr und zählte laut die Sekunden ab. Es war entmutigend, besonders weil ich immer noch das Schwert finden und es Sir Horace zum Geburtstag schenken wollte.

Wir gingen eine steil abschüssige Stelle hinunter. Die Pilze waren verschwunden und ich wusste, dass wir hier noch nicht gewesen waren. Dann kamen wir um eine Biegung, aber Wanda war so mit ihrer Uhr beschäftigt, dass sie nicht sah, was plötzlich vor uns lag: Die kleine runde Grotte mit dem sandigen Boden und dem Schwert in der Mitte. Es lag da, als hätte es nur auf uns gewartet. Genau wie ich es geahnt hatte.

Unglaublich!

Aber Wanda leierte ungerührt weiter: »Zweihundertachtundsiebzig Sekunden ... zweihundertneunundsiebzig Sekunden ... zweihundert ...«

»Wan-daaa!«, rief ich. »Wir haben es gefunden!«

Endlich hörte Wanda auf zu zählen und sah auf. »Wow …« Sie pfiff leise durch die Zähne. Als sie schnell in die Grotte laufen wollte, fiel mir plötzlich ein, was in meinem Handbuch *Nützliche Geheimgang-Hinweise* stand.

> »Hinweis Nummer 3: Achte immer auf Fallen, besonders am Anfang und am Ende eines Tunnels. Wie oft schon hat sich eine unerschrockene Höhlenforscherin durch den geheimsten Tunnel gekämpft, nur um am Ende ihrer Forschungsreise in einer ausgeklügelten Falle zu Schaden zu kommen. Leider viel zu häufig, wie wir Herausgeber des Handbuchs *Nützliche Geheimgang-Hinweise* zu unserem Leidwesen wissen.«

»Stopp!«, rief ich Wanda zu – gerade noch rechtzeitig. Denn direkt über unseren Köpfen, an der Stelle, wo der Geheimgang in die runde Höhle mündete, sah ich fünf schreckliche Metallspitzen auf uns gerichtet.

Wanda blieb wie angewurzelt stehen. »Was schreist du denn jetzt schon wieder?«, fragte sie empört. »Ich dachte, du willst das Schwert holen? Ist doch blöd, jetzt anzuhalten, wenn wir nur ...«

»Wan-daaa!« Ich seufzte genervt. »Sieh mal nach oben, ja?«

Wanda sah hinauf. »Oh«, sagte sie. »Was ist das?«

»Eine Falle«, sagte ich. »Eine ganz hinterhältige Falle.«

Wanda betrachtete die Metallspitzen eine Weile, dann sagte sie: »Nein. Es ist ein Fallgitter.« Fräulein Gaukel-Wizzard-Neunmalklug verschränkte die Arme vor der Brust und machte ein selbstzufriedenes Gesicht.

»Das weiß ich«, sagte ich. »Ich habe ja nicht gesagt, dass es *kein* Fallgitter ist. Ich habe nur gesagt, dass es eine Falle ist. Offenbar also eine Fallgitter-Falle.«

»Offenbar«, sagte Fräulein Neunmalklug.

»Wir müssen uns erst überzeugen, ob es hier keine Stolperdrähte gibt«, sagte ich.

Wanda sah mich erschrocken an. »Warum?«, fragte sie.

»Weil, falls hier ein Stolperdraht gespannt ist und wir darüber stolpern, das Fallgitter auf unsere Köpfe kracht, deshalb.«

Wanda schauderte. »Wie schrecklich«, sagte sie.

Ich zog die Schultern hoch. »Solche Dinge passieren in Geheimgängen ständig.«

»Das hast du mir nicht gesagt, als du mich überredet hast mitzukommen«, sagte Wanda und sah hinauf zu den spitzen Stacheln.

»Du hast ja auch nicht gefragt«, erklärte ich. Ich bückte mich und leuchtete mit der Taschenlampe den Boden ab. Nur eine dicke Sandschicht war zu sehen.

»Alles okay«, sagte ich. »Ich kann keinen Stolperdraht oder so etwas erkennen, ich denke also, wir sind nicht in Gefahr.«

Anscheinend glaubte mir Wanda nicht. Sie ließ sich auf Hände und Knie nieder und sah sich die Stelle noch einmal gründlich an. »Wird wohl okay sein …«, murmelte sie.

»Willst du zuerst gehen?«, bot ich ihr an. Ich wollte einfach nur höflich sein, weil Tante Tabby immer sagte, ich solle mich nie vordrängen.

Wanda warf mir einen komischen Blick zu und sagte: »Nein danke, Araminta. Wir gehen zusammen.« Sie nahm mich an der Hand und rief: »Eins … zwei … drei … los!«

Dann liefen wir los. Wir schossen aus dem Geheimgang unter dem Fallgitter hindurch wie zwei Fledermäuse aus einem Sack und *nichts passierte*. Die Furcht einflößenden Stacheln blieben, wo sie waren, und wir hatten endlich unser Ziel erreicht: die Grotte.

Ich grinste Wanda an. »Wir haben es geschafft!«

Wanda rannte durch die Grotte, ließ den Sand nach allen Seiten spritzen und sprang umher und schrie: »Wir haben es geschafft, wir haben es geschafft! Hurra!« Ich glaube, sie freute sich jetzt auch.

Doch dann hörten wir ein Scheppern und einen ohrenbetäubenden Schlag. Die Grotte wurde wie von einem Erdbeben erschüttert. Aber es war viel schlimmer als ein Erdbeben.

Es war das Fallgitter – es war heruntergekracht. Jetzt versperrte uns ein starkes Eisengitter den Rückweg.

Wanda und ich starrten es fassungslos an. Selbst Wanda sagte eine Weile nichts. Und dann, als sie doch etwas sagte, klang ihre Stimme piepsig und zitternd.

»Wir sind gefangen«, sagte sie.

Wanda hatte recht. Schon wieder.

9

Die Grotte

Wanda fand es schrecklich, dass wir in der Grotte gefangen waren. Das fand sie sogar noch schrecklicher als vorhin unser Im-Kreis-Laufen. Ich sagte ihr, dass es zwecklos sei, zu toben und zu schreien, wir sollten uns lieber nach einer Möglichkeit umsehen, hier herauszukommen.

Zuerst versuchten wir, das Fallgitter anzuheben, aber es wog eine Tonne. Es rührte sich keinen Millimeter. Wir versuchten es noch einmal, aber ich fürchtete, dass wir es auch in einer Million Jahren nicht würden bewegen können.

»Und es hat keinen Zweck, wenn du mir immer wieder ›Eins, zwei, drei ... *hoch*‹ ins Ohr schreist«, sagte ich zu Wanda. »Wenn ich nämlich taub werde, hilft uns das auch nicht weiter.«

Danach versuchten wir, unter dem Fallgitter zu graben. Der Sand war weich und ich dachte, wir könnten uns vielleicht unter dem Gitter hindurchzwängen. Aber es war aussichtslos. Unter dem Sand war felsiger Grund und zusätzlich eine dicke Metallplatte, die wahrscheinlich zu der Falle gehörte.

»Komm, Wanda«, sagte ich. »Wir *müssen* dieses Fallgitter anheben.«

Aber es ließ sich beim besten Willen nicht bewegen, kein bisschen. Dann probierten wir die verrücktesten Dinge, von denen wir von Anfang an wussten, dass sie uns nicht weiterbringen würden, aber wir *mussten* sie ausprobieren – für alle Fälle. Wir versuchten, uns unter dem Gitter hindurchzuzwängen, aber es ging nicht. Wanda versuchte, sich zwischen den Gitterstäben hindurchzuwinden, weil sie dünner ist als ich, aber sie wäre fast mit dem Kopf stecken geblieben. Wir holten sogar das Schwert und versuchten die Metallplatte unter dem Sand aufzuhebeln. Aber das Fallgitter blieb, wo es war, und blockierte unseren Rückweg.

Danach wurde Wanda ein bisschen komisch. Sie fing an, um Hilfe zu schreien und an den Gitterstäben zu rütteln. Ich sah keinen Sinn darin, deshalb setzte ich mich neben das Schwert und versuchte nachzudenken. Aber wie sehr ich es auch versuchte, viel kam nicht dabei heraus. Bald konnte ich nichts anderes mehr denken als: *Wenn Wanda bloß aufhören würde zu schreien.*

»Sei still, Wanda«, sagte ich.

»Sei selber still«, sagte Wanda. Ihre Stimme klang böse und wütend, aber tief in ihrem Inneren hatte Wanda genauso viel Angst wie ich, das spürte ich. Wenn ich Angst habe, werde ich ganz still, aber wenn Wanda Angst hat, dreht sie durch.

»Willst du ein Käse-Zwiebel-Chip?«, fragte ich.

»Nein, ich hab keinen Hunger«, sagte sie. Aber wenigstens hörte sie auf zu schreien und setzte sich neben mich.

Nachdem ich meine Chips gegessen hatte, fühlte ich mich gleich wohler. Ich fand, ich könnte mir endlich mal das Schwert genauer ansehen, wenn wir schon den ganzen Weg gemacht hatten, um es zu finden. Man konnte erkennen, dass es einmal ein großartiges Schwert gewesen war. Der Griff hatte ein schönes Muster und unter all dem Schmutz und Rost waren ein paar Knubbel, die aussahen, als könnten es Edelsteine sein. Aber ehrlich gesagt, mein erster Eindruck war besser gewesen, denn so aus der Nähe betrachtet sah es eigentlich eher wie irgendein Schrottteil aus. Ganz ähnliche Sachen schleppte Tante Tabby immer von Flohmärkten an, dann seufzte Onkel Drac und fragte, warum wir um Himmels willen *noch mehr* Müll bräuchten. Trotzdem war ich sicher, dass es das perfekte Geburtstagsgeschenk für Sir Horace war.

»Es ist toll, findest du nicht auch?«, sagte ich. »Sir Horace wird es sehr gut gefallen; ganz bestimmt.«

»Wenn er es je zu sehen bekommt«, murmelte Wanda. »Er wird es nämlich nie zu sehen bekommen. Weil wir morgen an seinem Geburtstag immer noch hier festsitzen werden. Und am nächsten Tag auch. Und am Tag danach. Wir werden für *immer* hier festsitzen. Ich werde meine Mama und meinen Papa nie wiedersehen und du wirst deine Tante Tabby und deinen Onkel Drac nie

wiedersehen – geschweige denn den blöden Sir Horace.«

»Hör auf, Wanda«, sagte ich. »Hör jetzt *sofort* mit dem Gejammer auf. Wir werden hier rauskommen. Aus einem Geheimgang gibt es immer mehrere Ausgänge.«

»Früher vielleicht«, sagte Wanda und zeigte auf den Steinhaufen, der die Grotte von der Höhle trennte, die nach draußen zu den Klippen führte. »Aber jetzt nicht mehr.«

Trotzdem gingen wir zu dem Steinhaufen hinüber. Ich leuchtete alles mit der Taschenlampe ab, weil ich hoffte, einen Spalt zu finden, durch den wir uns hindurchzwängen könnten. Aber da war nichts. Nichts als tonnenschwere Steine.

Wanda blinzelte durch einen winzigen Spalt zwischen zwei Felsen am Fuß des Steinhaufens. »Sieht aus wie die Stelle, von der aus ich von der anderen Seite in die Grotte geschaut habe«, sagte sie. »Wenn wir hier mit der Taschenlampe reinleuchten würden ... vielleicht sehen uns Leute vom Strand aus. Oder vielleicht will gerade jemand die Höhle erforschen.«

Es war immerhin einen Versuch wert. Ich machte Wanda nicht darauf aufmerksam, dass man vom Strand aus das Ende der Höhle nicht sehen kann. Auch nicht, dass es inzwischen spät sein musste und die Leute wahrscheinlich nach Hause gegangen waren. Ich gab Wanda die Taschenlampe.

Sie leuchtete durch die Felsspalte. »Huuu-hu«, rief sie und es klang wie bei Brenda, wenn sie ihre Katze ruft. »Ist da jemand?« Wanda presste das Ohr an den Spalt und lauschte angestrengt.

»Hörst du was?«, flüsterte ich.

»Scht … ja … ja, ich hör was.«

Ich wurde ganz aufgeregt. Was für ein Glück, dass sich ausgerechnet in diesem Moment jemand in der Höhle aufhielt! »Was … *was* hörst du, Wanda?«, rief ich. »Sag schon!«

Wanda richtete sich auf und gab mir die Taschenlampe zurück. Sie hatte einen seltsamen

Ausdruck im Gesicht. »Ich höre das Meer«, sagte sie. »Es ist in der Höhle.«

Zuerst glaubte ich Wanda nicht. Ich hielt es für einen ihrer Wanda-Witze. Aber diesmal war sie todernst.

»Was meinst du damit – es ist in der Höhle?«, fragte ich. »Das Meer kommt nicht bis in die Höhle. Du hast doch gesehen, wo es heute Morgen war. Meilenweit draußen. So weit draußen habe ich es noch nie gesehen.«

»Da war Ebbe«, murmelte Wanda. »Jetzt ist Flut.«

»Und?«, fragte ich. Ich hatte keine Ahnung, was Wanda meinte, weil ich noch nicht so oft am Strand gewesen war. Tante Tabby kann es nicht leiden, wenn sie Sand in die Schuhe bekommt, und Onkel Drac geht nicht in die Sonne. Genau genommen war ich überhaupt noch nie am Strand gewesen, bevor Wanda zu uns kam.

»Das Meer war ganz weit draußen heute Morgen, ja?«, sagte Wanda. Ich nickte. »Und wenn es ganz besonders weit draußen ist, heißt das, die Ebbe ist auf ihrem niedrigsten Stand. Aber es heißt auch, dass das Wasser zurückkommt, so wie jetzt, und dass die Flut irgendwann ihren höchsten Stand erreichen wird.«

Das hörte sich nicht gut an. »Und wann wird das sein?«, fragte ich.

»Keine Ahnung«, sagte Wanda. »Aber nicht vor sieben Uhr. Um die Zeit geht Mama immer schwimmen.«

Ich sah auf die Uhr. Halb fünf. Noch zweieinhalb Stunden.

»Gib mir die Taschenlampe«, sagte ich. »Ich will das Wasser in der Höhle sehen.«

Ich fand den Spalt zwischen den Steinen und richtete den Lichtstrahl darauf. Zuerst konnte ich überhaupt nichts erkennen, aber dann hielt ich die Taschenlampe ganz ruhig und starrte so lange hin, bis sich meine Augen gewöhnt hatten.

»Siehst du es?«, flüsterte Wanda heiser.

»Da bewegt sich was ... das Licht ... spiegelt sich auf etwas ...«

»Wasser«, sagte Wanda düster.

»Ja«, sagte ich. »Wellen.«

»Wellen«, echote Wanda lahm.

»Nur *kleine* Wellen«, sagte ich, um ihr Mut zu machen.

Wanda sagte nichts.

Ich fand es nutzlos, das Wasser anzuschauen und darauf zu warten, dass es näher käme. Es war immer noch ein paar Meter entfernt und ich glaubte nicht so ganz, was Wanda über die Flut gesagt hatte – Wanda dramatisiert gern ein bisschen. Also setzte ich mich in den Sand, um nachzudenken.

»Deshalb ist der Sand feucht«, sagte Wanda und warf sich neben mir auf den Boden.

»Warum ist der Sand feucht?«

Wanda lachte auf eine sonderbare Art, die mir nicht gefiel. »Weil das Meer bei der letzten Flut hier hereingekommen ist.«

»Woher willst du das wissen«, fragte ich. Sie nahm die Taschenlampe und leuchtete über die Wände der Grotte, als suche sie etwas. Und dann fand sie es.

»Seetang«, sagte sie und schwenkte den Lichtstrahl über einen glänzend grünen Fetzen an der Decke. »Und er ist noch nass.«

Ich versuchte, daran zu denken, dass Onkel Drac immer sagt: *Nur nicht den Kopf verlieren.* Aber es war kein Trost. In dieser Situation hätte sogar Onkel Drac den Kopf verloren.

Eine Weile sagte ich nichts und dann sagte Wanda – auf einmal wieder ganz die alte lustige Wanda: »Araminta ...«

»Was?«

»Kannst du schwimmen?«

»Nein, du?«

»Ja ... mit Schwimmflügeln.«

»Die hast du wahrscheinlich nicht dabei?«

»Nein ...«

Danach gab es nicht mehr viel zu sagen.

~10~

Spülgang

Das Wasser kam näher und das Klatschen der Wellen gegen die Wände der äußeren Höhle wurde lauter. Nicht lange und ich konnte das Meer riechen.

Ich sah zu unserer grünen Schnur hin, die genau bis zur Grotte gereicht hatte. Sie endete neben meinem Rucksack im Sand und ich dachte an den Schnuranfang, der an der Geheimtür unter der Dachbodentreppe festgebunden war. Mehr als alles andere wünschte ich, ich wäre am Anfang der Schnur. Und dann ... dann sah ich, wie sich die Schnur *bewegte*. Ich traute meinen Augen nicht. Da! Sie bewegte sich noch einmal.

Wanda hatte es auch gesehen. »Irgendetwas frisst an der Schnur«, flüsterte sie. »Und bald wird es kommen und *uns* fressen.«

»Sei nicht albern, Wanda. Wie soll es durch das Fallgitter kommen?«

»Wahrscheinlich hat *es* die Falle überhaupt erst eingerichtet«, sagte Wanda. »*Es* wird einfach auf einen Knopf drücken oder so, und dann …«

»Hör auf, Wanda!« Ich steckte die Finger in die Ohren.

Plötzlich ruckte es heftig an der Schnur und sie schoss unter dem Fallgitter hindurch.

»Halt sie fest! Halt sie fest!«, schrie Wanda. Ich stürzte vor, aber es war zu spät – das Ende war schon außer Reichweite. Wanda und ich sahen zu, wie die grüne Schnur ruckartig durch den Tunnel flutschte, bis sie um die Biegung verschwand.

»Jetzt finden wir nie mehr zurück«, murmelte ich. »Auch nicht, wenn wir durch das Fallgitter kämen.«

»Kommen wir aber nicht«, sagte Wanda.

Wir hörten das Meer immer deutlicher. Es gab eine Art zischendes Geräusch, wenn das Wasser draußen in die enge Höhle stürzte und um die Felsen schwappte, dann ein saugendes Geräusch, wenn es sich wieder hinauswälzte, dann wieder *zshshshs* ... und dann passierte es.

Das Meer strömte in die Grotte herein. Es drang durch die winzigen Ritzen im Steinhaufen wie Wasser durch eine Käseraspel. Zuerst versickerte es einfach im Sand, aber es dauerte nicht lange, bis sich eine Pfütze im Sand gebildet hatte, die stehen blieb. Und mit jeder Welle, die gegen die Felsen brandete, strömte mehr Wasser herein und der kleine Tümpel wurde immer größer. Außerdem war der Lärm ohrenbetäubend. Jetzt wusste ich, wie sich Brendas Katze Pusskins damals gefühlt haben musste, als sie in der Waschmaschine geschlafen hatte und Tante Tabby den Spülgang laufen ließ. Ich beschloss, nie, nie mehr über Brendas Katze zu lachen. Falls ich Brendas Katze je wiedersehen sollte ...

Der Spülgang in der Grotte hielt an. Immer mehr Wasser kam herein, und obwohl Wanda und ich an der höher gelegenen Stelle am Fallgitter standen, wussten wir, dass uns das Wasser bald auch hier erreichen würde – und dass es dann weitersteigen würde bis zu dem Fetzen Seetang über unseren Köpfen.

Plötzlich gab es einen donnernden Schlag gegen die Felsen. Ein ganzer Schwall Wasser stürzte herein und es spritzte bis zu uns herüber. Wanda schrie auf und ließ die Taschenlampe fallen. Die Lampe kullerte über den abschüssigen Sand auf das Wasser zu.

»Hol sie zurück!«, schrie ich. »Schnell!«

Wir stürzten beide hinter der Taschenlampe her. Ich stieß mit Wanda zusammen und plumpste ins Wasser. Wanda heulte los und verfehlte die Taschenlampe, die ins Wasser rollte.

Zu jedem anderen Zeitpunkt hätte mich dieser Anblick entzückt: Im Versinken erhellte der Lichtschein das Wasser und die ganze

Grotte bekam einen bläulich grünen Schimmer. Wir sahen zu, wie die Taschenlampe langsam unterging und am Grund des Tümpels liegen blieb.

Dann ging sie aus. Und alles wurde schwarz.

Wanda griff so fest nach meinem Arm, dass es wehtat. »Es ist dunkel«, flüsterte sie. »Ich ... ich mag die Dunkelheit nicht.«

Es war nicht die Dunkelheit, die mir Sorgen machte; es war das Wasser. Aber das sagte ich nicht. Ich sagte: »Es ist ... es macht nichts. Ich habe noch meine kleine Schlüsselbund-Taschenlampe.« Ich kramte sie aus der Tasche und knipste sie an. Aber sie funktionierte nicht. Sie war nass.

»Wo ist deine?«, fragte ich Wanda.

Sie wühlte eine Ewigkeit in ihrer Tasche, dann sagte sie: »Nicht da. Wahrscheinlich habe ich sie in der Höhle liegen lassen ...«

»Macht nichts«, sagte ich. »Durch die Ritzen zwischen den Felsen muss ja ein bisschen Licht hereinfallen. Warte, bis sich deine Augen an die Dunkelheit gewöhnt haben.«

Aber unsere Augen gewöhnten sich nicht daran.

Es war schrecklich, im Dunkeln zu sitzen. Einfach nur schrecklich. Weil wir das Wasser nicht mehr sehen konnten, wussten wir nicht, wie schnell es näher kam, und mein einziger Gedanke war, dass wir früher oder später ertrinken würden. Ich wünschte verzweifelt, ich könnte etwas sehen. Irgendetwas. Ich riss die Augen so weit auf, dass ich die Kälte an den Augenrändern spürte, aber auch das machte keinen Unterschied. Ich konnte *nichts* sehen, gar nichts. Es war total dunkel.

Wieder stürzte ein Schwall Wasser durch die aufgetürmten Felsen und ich spürte die Gischt im Gesicht.

»Pusskins konnte wenigstens etwas sehen«, sagte ich zu Wanda. »Tante Tabby lässt ja immer das Licht in der Waschküche an.«

»Was redest du da?«, sagte Wanda verblüfft.

»Nichts«, sagte ich. »Geh noch ein bisschen zurück, Wanda, mein Füße sind schon im Wasser.«

»Kann ich nicht«, sagte sie. »Es ist kein Platz mehr. Ich stehe schon ganz dicht am Fallgitter.«

»Dann kletter hoch«, sagte ich. »Meine Füße sind vollkommen durchweicht. Und ich kann nasse Socken nicht ausstehen.«

Am Fallgitter konnte man ganz gut emporklettern, sogar im Dunkeln. Ich hängte das Schwert an einen der Gitterstäbe und dann kletterten Wanda und ich so hoch wir konnten. Das Metall war kalt und abweisend, aber ich kümmerte mich nicht darum. Wenigstens waren wir im Trockenen. Aber für wie lange?

Danach sprachen wir nicht mehr viel. Mit den Wellen, die von draußen gegen die Felsen schlugen, strömte jedes Mal das Wasser in die Grotte. Es ging uns jetzt bis zu den Knien und höher konnten wir nicht mehr klettern. Da sagte

Wanda plötzlich: »Ein Licht! Ich sehe ein Licht im Tunnel. Sieh doch, *sieh doch nur!*«

Ich wäre fast vom Fallgitter gerutscht. Wanda hatte recht. Am anderen Ende des Pilztunnels war ein ganz schwacher grünlicher Schimmer zu sehen. *Und er kam auf uns zu.*

~11~

Das Wasser steigt

Die gute alte Tante Tabby – ich war sicher, dass sie es war. Tante Tabby hatte an der Schnur gezogen, nicht irgendein scheußliches Monster, und jetzt kam sie, um uns zu retten.

»Tante Tabby!!«, schrie ich. »Hier sind wir!«

»Hilfe! Hilfe!«, schrie Wanda zur Sicherheit.

Aber es kam keine Antwort.

»Es könnte mein Papa sein«, meinte Wanda. »Papa, Papa – ich bin's! Ich bin hier, Papa!«

»Ich bin auch hier«, sagte ich zu Wanda. »Vergiss *mich* nicht.«

»Ha!« Wanda ließ ein sonderbares Lachen hören. Ich achtete nicht auf sie und starrte angestrengt auf das grüne Licht, das sich flackernd durch den Tunnel bewegte. Es bewegte sich langsam, aber es kam eindeutig auf uns zu.

Wanda sagte nervös: »Es ist ein komisches Licht für eine Taschenlampe. Nicht sehr hell, oder?«

Das hatte ich auch schon gedacht. »Nein«, sagte ich, »nicht sehr …«

»Papa!«, rief Wanda. »*Papa!*« Wir lauschten auf Barrys Antwort, aber es kam keine. Alles, was wir hörten, war das Schlabbern und Plätschern des Wassers, das um uns herumschwappte.

»Es ist nicht Papa, oder?«, flüsterte Wanda unglücklich.

»Nein«, sagte ich. »Ich denke, es ist …«

»Das Monster? Das die Schnur aufgefressen hat? Und jetzt kommt es und …«

»Sei still, Wanda«, sagte ich. »Es ist kein Monster. Es ist Edmund.«

Das grünliche Licht kam genauso unheimlich durch den Tunnel geschwebt, wie Edmund immer schwebt. Als es näher kam, konnte ich den typischen Edmund-Umriss erkennen, sogar den komischen Haarschnitt.

»*Ja*«, japste Wanda. »Es ist Edmund. Er kommt, um uns zu retten!«

»Wanda«, sagte ich, »was erwartest du von einem schmächtigen kleinen Geist wie Edmund? Wie soll er uns retten? Oder auch von einem großen starken Geist? Kein Geist kann das Fallgitter hochheben und uns durchlassen, oder?«

Aber Wanda hörte gar nicht zu. »Edmund! Edmund!«, schrie sie. »Hilfe! Wir sind gefangen! Hilfe! *Hilfe!*«

Edmunds hohle Geisterstimme hallte durch den Tunnel. »Waaan-da«, rief er. »Aramin-ta.«

Ich schauderte. Vielleicht lag es an dem gruseligen Klang von Edmunds Stimme im Dunkeln, vielleicht lag es an dem seltsamen grünen Licht, vielleicht lag es auch an dem kalten Wasser, das uns inzwischen bis weit über die Knie spritzte – jedenfalls fing ich an zu zittern und konnte nicht mehr aufhören.

Edmund schwebte bis an das Fallgitter heran und starrte durch die Gitterstäbe.

»Du brauchst uns nicht so anzuglotzen, als wären wir im Zoo«, sagte ich. »Wir müssen hier raus. Wir ... wir ertrinken, wenn wir nicht rauskommen.«

»Ich weiß ...«, sagte Edmund mit seiner hohlen Stimme.

»Vielen Dank, Edmund«, fuhr ich ihn an. »Jetzt fühlen wir uns schon viel wohler.«

»Ich weiß es ...«, sprach Edmund weiter, »weil ich selber hier ertrunken bin. Zusammen mit Sir Horace ...«

»Ertrunken?«, quiekte Wanda.

»Ertrunken«, wiederholte Edmund düster.

Ich muss sagen, ich fand Edmund in dieser Situation nicht sehr hilfreich.

»Edmund«, sagte ich, »bitte geh so schnell wie möglich nach Hause und sag Tante Tabby, wo wir sind. Sie wird wissen, was zu tun ist. Bitte. *Beeil dich!*«

»Dazu ist es zu spät«, sagte Edmund mit seiner schaurigen Stimme.

»Was sollen wir denn tu-huun?«, jammerte Wanda.

»Sei still, Wanda.«

»Sei unbesorgt, Wanda«, sagte Edmund. Wir nehmen den anderen Ausgang. Die Zeit reicht gerade noch, bevor das Wasser zu tief wird.« Edmund schwebte so mühelos durch das Fallgitter, als wäre es gar nicht da, dann hielt er sich dicht neben uns und beleuchtete mit seinem geisterhaften Schimmer die grässliche kleine Grotte.

Jetzt war ich froh, dass wir eine Weile keine Taschenlampen gehabt hatten, denn der Anblick, der sich uns bot, war erschreckend: Die Grotte war beinahe voll mit dunklem Wasser. Und immer noch rückte das Meer näher und das

Wasser stieg höher. Ich blickte zur Decke, wo Wandas Seetangfetzen hing, und ahnte, dass sie recht gehabt hatte. Das Wasser würde noch weitersteigen. Bis ganz nach oben hin …

»Folgt mir!« Edmunds Stimme unterbrach meine Gedanken und das war gut so, weil mich jeden Moment eine Panikattacke à la Wanda befallen hätte. Edmund schwebte davon und auf den Steinhaufen zu, durch dessen Spalten das Wasser eindrang.

»Wir können nicht«, heulte Wanda, »wir werden ertrinken.«

Ich dachte dasselbe. Ich dachte auch, wieso kommt Edmund eigentlich auf die Idee, *uns* retten zu können, wenn er sich selbst damals nicht hatte retten können?

Edmunds Stimme hallte durch die Grotte: »Das Wasser ist noch nicht sehr tief, Wanda. Du musst mir vertrauen.«

»Ooooh!«, heulte Wanda.

Edmund kam zurück. Dann ließ er sich langsam ins Wasser sinken, bis es ihm bis zum Hals reichte.

»Geh nicht fort, Edmund!«, rief Wanda.

»Ich gehe nicht fort, Wanda«, sagte er. »Ich will dir nur zeigen, wie tief das Wasser ist. Bald wird es tiefer sein. Ihr müsst euch beeilen. Ihr müsst vom Fallgitter herabsteigen und mir folgen.«

»Los, Wanda«, sagte ich. »Wir müssen es versuchen.« Ich kletterte vom Fallgitter herunter, was keine sehr angenehme Sache war, denn das Wasser war eiskalt und ging mir bis über die Taille. Ich griff nach dem Schwert und stützte mich darauf, um nicht umzukippen.

Wanda hatte sich nicht gerührt. Sie sah zu mir herunter und sagte: »Aber ich bin kleiner als du. Mir wird das Wasser fast bis zum Hals reichen.«

»Ein Grund mehr, dich zu beeilen!«, sagte ich energisch.

»Du hörst dich an wie Tante Tabby«, sagte sie.

Aber sie fing an herunterzuklettern und stand schließlich, nach etlichem Gejammer, neben mir.

Gerade da kam eine besonders starke Welle herein und stieß sie um. Wanda verschwand unter Wasser.

»Blrrmphh!« Wanda tauchte auf, schwenkte die Arme wie Windmühlenflügel und schnappte nach Luft.

»Schnell, schnell«, sagte Edmund besorgt.

Wanda zog immer noch ihre Windmühlen-Nummer ab, deshalb packte ich sie mit meiner freien Hand und schleifte sie mit. Ich rutschte und balancierte mit Wanda im Schlepptau hinter Edmund her, bis er bei den Felsbrocken stehen blieb, die die Grotte von der äußeren Höhle trennten.

Inzwischen konnte ich wirklich nur mit Mühe aufrecht stehen bleiben, weil mir das Wasser bis zum Kinn reichte und immer neue Wellen hereinstürzten. Wanda, die versuchte, mit den Füßen auf dem Boden zu bleiben, verschwand zum zweiten Mal unter Wasser. Ich zog sie hoch und sagte: »Du musst einfach schwimmen, Wanda.«

»Aber … aber ich kann ohne Schwimmflügel nicht schwimmen.«

»Du *bist* gerade geschwommen, falls du's nicht bemerkt haben solltest.«

Edmund war bis zum oberen Rand des Steinhaufens geschwebt. »Klettert hier herauf«, sagte er.

»*Wie denn?*«, sprudelte Wanda.

»Hör auf ihn, Wanda«, rief ich. »Halt dich an einem Felsen fest und *kletter*!«

Und Wanda gehorchte. Sie stemmte sich aus dem Wasser und kletterte über die Steine hinauf zu Edmund. Ich zog das Schwert aus dem Wasser und folgte ihr, obwohl ich den Zweck der Aktion nicht einsah. Wir hatten doch überall nach einem Ausweg gesucht und hatten keinen gefunden.

Und dann erlebten wir unseren schlimmsten Albtraum: Edmund verschwand.

»Ed-*mund!*«, heulte Wanda im Dunkeln.

»Hier durch, Wanda«, kam Edmunds hohle Stimme von der anderen Seite der Felsen. Und da sahen wir es. Auf dem obersten Felsen war ein großer flacher Stein und dahinter verborgen – *der Weg ins Freie.*

Wenn er auch eng war, wenn auch ein komischer Geisterjunge namens Edmund wieder mal im Weg stand, was machte das schon? Wir mussten uns nur durch den Spalt hinter dem großen flachen Stein zwängen und wir würden frei sein.

Genau das taten wir. Und wir waren *frei.*

~12~

Edmund

Wir waren frei und doch waren wir immer noch gefangen. Wir saßen oben auf dem Mauervorsprung in der äußeren Höhle – es war derselbe Vorsprung, auf dem wir heute Morgen gestanden und das Schwert in der Grotte entdeckt hatten. Aber natürlich war die Höhle noch voller Wasser.

»Jetzt seid ihr in Sicherheit«, sagte Edmund. »Ihr müsst nur warten, bis die Flut zurückgeht.«

Wanda und ich schauten durch den Eingang

hinaus aufs Meer. Noch immer stürzten Wellen in die Höhle.

»Wie lange wird das dauern?«, fragten wir gleichzeitig.

»Zwei Stunden und fünfzehn Minuten«, sagte Edmund. »Lebt wohl, ich muss gehen.«

»Gehen?«, schrie Wanda auf. »Du kannst doch nicht gehen und uns hier allein lassen.«

»Aber, Wanda, ihr seid hier sicher. Das Wasser kommt nicht bis hier herauf. Ihr müsst nur abwarten, bis es sich zurückzieht. Ich habe meinen Posten schon

zu lange im Stich gelassen. Ich muss zu meinen Pflichten im Tunnel zurückkehren.«

»Welche Pflichten im Tunnel?«, fragte ich. Was konnte Edmund um Himmels willen so Wichtiges zu tun haben? Den Staub polieren? Die Spinnen wegsaugen?

»Ich bewache den Gang. Ich muss verhindern, dass jemand sich vom Haus entfernt, damit er nicht das gleiche Schicksal erleidet wie Sir Horace und ich vor vielen, vielen Jahren. Aber heute«, sagte Edmund niedergeschlagen, »habe ich meine Pflicht vernachlässigt.«

»Hast du nicht«, sagte ich. »Du hast uns gerettet! Danke, Edmund.«

»Danke, Edmund«, sagte Wanda. Und weil sie so neugierig ist, fragte sie: »Aber was habt ihr in dieser schrecklichen Grotte getan?«

»Wir sind vor unseren Feinden geflohen, vor der Familie FitzMaurice. Es war ein feiger Angriff. Sie waren mehr als zwanzig Mann stark und wir waren nur zu zweit.«

»Eher einer und ein halber«, sagte ich. »Du bist nur ein Junge, Edmund. Und ziemlich schwach.«

»Nein, ist er nicht!«, sagte Wanda. »Ich finde ihn sehr stark. Was ist dann passiert, Edmund?«

»Wir sind zu der Grotte unter Sir Horace' Burg geflohen. Er hatte schon viele Jahre vorher ein Fallgitter einbauen lassen, um unsere Feinde von den Höhlen unter seiner Burg fernzuhalten. Zusätzlich hatte er ein ausgeklügeltes Labyrinthsystem zwischen den Höhlen angelegt, um sie in die Irre zu führen. Aber die Falle schnappte hinter uns zu und damit waren wir unseren Feinden ausgeliefert.«

»Oh, Edmund, wie schrecklich!« Wanda klang fassungslos.

»In der Tat, Wanda, es war schrecklich. Wir haben tapfer gekämpft, aber Sir Horace war verletzt. Schließlich türmten unsere Feinde Steine und Felsen übereinander, schlossen uns in der Grotte ein und überließen uns dem Meer.«

»Oh, Edmund«, hauchte Wanda.

Edmund verbeugte sich. »Leb wohl, Wanda. Leb wohl, Araminta.« Doch gerade als er verschwinden wollte, fiel mir etwas ein, das ich ihn unbedingt noch fragen musste. Etwas, das mir keine Ruhe gelassen hatte, seit er uns erzählt hatte, dass er in der Grotte ertrunken sei.

»Edmund«, sagte ich.

»Ich muss gehen …«

»Edmund – ich will nur noch wissen – du hast doch den Ausgang gekannt … warum bist du nicht aus der Grotte weg, als *du* dort gefangen warst?«

»Sir Horace war verletzt. Er konnte nicht auf die Felsen klettern«, sagte er. »Und ein treuer Knappe bleibt immer bei seinem Herrn. Immer.«

»Auch wenn er ertrinken wird?«, fragte ich.

»Er bleibt immer bei ihm«, wiederholte Edmund ernst. Und dann war er verschwunden.

»Wow …«, sagte Wanda nach einer Weile. »Er ist so tapfer.«

Ich sagte nichts. Ich versuchte mir vorzustellen, wie das damals für Edmund gewesen sein musste – zusammen mit Sir Horace in dieser entsetzlichen Grotte zu sitzen und sich dafür zu entscheiden, nicht zu fliehen. Es gelang mir nicht.

Es war schon dunkel, als Wanda und ich die Höhle endlich verlassen konnten. Über dem Meer stieg der Vollmond höher, der Strand war leer. Ich war froh darüber, denn ich wollte von niemandem dumme Fragen hören, warum wir triefnass wären und ein großes rostiges Schwert herumschleppten. Ich hatte das Gefühl, dass man uns zu Hause noch genug dumme Fragen stellen würde, die zu beantworten lange genug dauern würde.

Als wir die Treppe vom Strand hinaufgingen, rief Wanda plötzlich: »Papa!« Und weg war sie. Ich schleppte mühsam das Schwert die restlichen Stufen hinauf. Ich konnte mir nicht vorstellen, dass Barry hier war. Wie hätte er denn wissen sollen, wo er uns finden würde?

Aber er *war* da!

Der gute alte Barry ließ einen Freudenschrei los und stürzte auf uns zu. Er riss Wanda in seine Arme und schwenkte sie im Kreis herum, dann kam er zu mir gerannt und tat dasselbe.

»Ihr seid da!«, rief er atemlos. »Ich glaub's nicht. Ihr seid wirklich da – genau wie es dastand.«

»Wie was wo stand, Papa?«, fragte Wanda.

»Ihr werdet es nicht glauben«, sagte Barry breit grinsend, »ich hab's auch nicht geglaubt, aber ich hatte so eine Ahnung, es könnte einen Versuch wert sein.«

»Was könnte einen Versuch wert sein, Papa?«, fragte Wanda.

»Also, vor ungefähr einer halben Stunde hat Tabitha im Kohlenstaub auf dem Boiler ein paar hingekritzelte Wörter entdeckt. Das war verwunderlich, wenn man bedenkt, wie sauber Mama den Boiler immer hält. Jedenfalls stand da in einer sehr merkwürdigen, schwer leserlichen Schrift: W und A seyn auf dem Strand. Tabitha bekam einen Schreikrampf, weil sie es für eine Lösegeldforderung hielt, aber ich beruhigte sie und sagte, ich würde euch schon finden. Und hier seid ihr also ...« Barry schüttelte den Kopf, als könnte er es immer noch nicht glauben.

Wanda und ich saßen im Wagen und Barry wollte gerade abfahren, als mir etwas einfiel. »Das Schwert! Wir fahren nicht ohne das Schwert. Nicht nach all der Mühe, die wir uns damit gemacht haben.«

Da stieg Barry aus und hob das Schwert vom Boden auf. »Wo habt ihr denn dieses rostige Schrottding gefunden?«, fragte er auf dem Heimweg, als wir an der Pilzfarm vorbeifuhren.

»Das wird dich nicht besonders interessieren«, sagte ich.

»O doch«, sagte Barry. »Und ich könnte mir vorstellen, dass sich noch ein paar andere Leute dafür interessieren.«

~13~

Herzlichen Glückwunsch

Es war schön, wieder zu Hause zu sein, nachdem die Polizei weg war. Sogar Tante Tabby war nett zu uns und Onkel Drac freute sich so, dass er gar nicht aufhören konnte zu lächeln.

Tante Tabby brachte heiße Schokolade, alle saßen in der Besenkammer und Wanda und ich erzählten, was passiert war. Als wir zu dem Moment kamen, als das Wasser in die Grotte eingedrungen war, wurde es ganz still. Dann plötzlich ein Klirren und Scheppern – unter dem Haufen von Mänteln kam schwankend Sir Horace zum

Vorschein und alle schrien erschrocken auf. Gleichzeitig schlug die Uhr in der Halle Mitternacht. Brendas Katze schoss aus der Kammer und wir sahen eine ganze Woche nichts mehr von ihr.

Ich ahnte, dass Sir Horace gleich zu einer ausführlichen Strafpredigt ansetzen und erklären würde, dass wir niemals in den Geheimgang hätten gehen dürfen, wie gefährlich die Grotte sei und ähnlich langweilige Sprüche, wie wir sie von Tante Tabby ohnehin noch monatelang zu hören bekommen würden. Deshalb rief ich schnell: »Herzlichen Glückwunsch zum fünfhundertsten Geburtstag!« Alle sahen mich an, als wäre ich verrückt geworden.

»Jawohl, er hat Geburtstag«, erklärte ich. »Und er wird fünfhundert Jahre alt. Habe ich recht, Sir Horace?«

»Leider«, dröhnte Sir Horace. Sehr erfreut klang das nicht. Komisch, *ich* habe immer gern Geburtstag.

»Fünfhundert Jahre ist sehr alt«, versuchte Wanda ihn aufzuheitern. »Sie sind sicher sehr aufgeregt, Sir Horace.«

»Nicht im Geringsten«, erwiderte er düster. »Fünfhundert Jahre ist allerdings sehr alt, Fräulein Gaukel-Wizzard. Scheinbar sehr, sehr viel älter als vierhundertneunundneunzig.«

Mir kam beides ziemlich alt vor, aber das sagte ich natürlich nicht. Stattdessen schleppte ich das Schwert heran und sagte: »Hier ist Ihr Geschenk, Sir Horace. Zum Einwickeln hatten wir leider keine Zeit. Herzlichen Glückwunsch!«

Sir Horace nahm das Schwert. Er sagte kein Wort. Er hielt es nur fest in der Hand.

»Gefällt es Ihnen nicht?«, fragte Wanda, nachdem wir alle minutenlang darauf gewartet hatten, dass Sir Horace etwas sagen würde.

»Ich habe dieses Schwert immer geliebt«, sagte er mit merkwürdiger Stimme.

»Was meint er mit *immer*?«, flüsterte mir

Wanda zu. »Er hat es doch eben erst bekommen.«

Sir Horace ließ eine Art Schlucken hören, dann sprach er weiter: »Dieses Schwert hat mir mein teurer Vater zu meinem einundzwanzigsten Geburtstag geschenkt. Und ihr habt es mir zum fünfhundertsten Geburtstag zurückgebracht. Ich danke euch …«

Ich war enttäuscht. Es ist ja gar kein richtiges Geburtstagsgeschenk, wenn man jemandem etwas schenkt, das ihm schon gehört.

Aber Sir Horace schien das nicht zu stören. »Das

ist ... ist das schönste Geschenk, das ich überhaupt bekommen konnte«, sagte er. Er setzte sich auf einen Stuhl in der Ecke und lehnte das Schwert vorsichtig daneben. Ich bin sicher, dass ich ihn schniefen gehört hatte, wenn auch Wanda sagt, das könne unmöglich sein, weil Geister nicht weinen – aber woher will sie das so genau wissen?

Auf der Treppe zu unserem Sonntagszimmer sahen wir dann etwas sehr Merkwürdiges: Eine lange Spur unseres grünen Bindfadens kam unter der Tür zum Geheimgang hervor, schlängelte sich die Treppe hinunter und verschwand unter der Tür zur Besenkammer.

»Das ist unsere Schnur«, sagte Wanda gähnend. »Möchte mal wissen, was die hier macht?«

Aber ich war zu müde, um zu antworten.

Am nächsten Morgen folgten wir der Fadenspur hinunter zur Besenkammer. Wir wollten Sir Horace noch einmal richtig zum Geburtstag gratulieren.

»Guten Morgen, Sir Horace«, sagten wir. »Herzlichen Glückwunsch zum Geburtstag!«

Sir Horace schien irritiert. »Ich würde eher sagen, herzlichen Glückwunsch zu *eurem* Geburtstag!«

Er saß immer noch in der Ecke, das Schwert neben sich, aber jetzt lag ein großer Haufen Rost zu seinen Füßen. Wir erkannten das Schwert von gestern Nacht kaum wieder – es schimmerte. Der Griff war blank und in dem Muster, das wir unter der Rostschicht entdeckt hatten, glänzte eingelegtes Gold. Zuoberst auf dem Griff (Sir Horace nannte die Stelle Knauf) war ein großer Rubin eingelassen, zwei kleinere funkelten an den Seiten. Nur die Klinge war ein bisschen verkratzt – man konnte sich ja vorstellen, dass Sir Horace viel mit dem Schwert gekämpft hatte. Aber es war so gründlich poliert, dass jetzt rundum glatter, blitzender Stahl zu sehen war.

»Morgen, Minty, Morgen, Wanda«, sagte Onkel Drac gähnend. »Gut geschlafen?«

»Ja, danke, Onkel Drac«, sagten wir.

»Schön«, sagte Onkel Drac. »Ich nämlich nicht. Dieses alberne Schwert. Ich habe Sir H gesagt, er soll den Rost woanders abkratzen, aber nein, er bleibt die ganze Nacht hier sitzen und kratzt und kratzt und kratzt. Den letzten Nerv hat er mir geraubt.«

»Tut mir leid, Onkel Drac«, sagte ich.

»Mach dir darüber keine Gedanken, Minty.« Onkel Drac lächelte. »Hauptsache, ihr seid sicher und gesund wieder zu Hause – das war eine schlaflose Nacht wert. Sei so nett und gib mir mein Strickzeug, ja?«

Ich reichte Onkel Drac seinen langen grünen Schal. Es war genau, wie ich gedacht hatte: Onkel Drac verstrickte unseren grünen Bindfaden.

»Weißt du eigentlich, warum sich dein Garn so kratzig anfühlt, Onkel Drac?«, fragte ich.

»Daran ist Big Bat schuld«, brummte Onkel Drac. »Gestern, nachdem ihr verschwunden wart, habe ich so schnell gestrickt, dass plötzlich meine Wolle zu Ende war. Da habe ich diese dämliche Fledermaus gebeten, mir noch grüne Wolle zu bringen, und er kam mit dem Schrottzeug hier zurück. Keine Ahnung, wo er das gefunden hat.«

»Alles klar«, sagten wir.

An diesem Nachmittag feierten wir Sir Horace' Geburtstagsparty. Es wurde eine tolle Party, wenn es auch keine Überraschung mehr war. Wanda war ganz allein in den Geheimgang hinuntergestiegen, um Edmund einzuladen. Das verblüffte mich, denn ich hatte immer gedacht, sie könnte den Geheimgang wegen der vielen Spinnen nicht ausstehen. Aber Wanda sagte, das mache ihr längst nichts mehr aus und sie könne alles ertragen, nur keinen Seetang.

Wir zwängten uns alle in die Besenkammer und sangen »Happy Birthday to you«, dann verbeugte sich Sir Horace und sang auch für uns

»Happy Birthday«. Barry machte Kartentricks, die niemand verstand. Dann versuchte er, Onkel Drac verschwinden zu lassen, aber Onkel Drac, der bald von oben bis unten voller Verschwinde-Pulver war, fing nur an zu niesen. Sonst passierte nichts. Dann brachten Tante Tabby und Brenda die Fünfhundert-Jahre-Geburtstagstorte herein. Sie war riesengroß – das musste sie ja, damit die vielen Kerzen darauf Platz hatten. Die Kerzen waren so heiß, dass die Glasur schmolz, aber die Torte schmeckte trotzdem köst-

lich. Danach schlief Sir Horace ein, deshalb gingen wir alle auf Zehenspitzen hinaus und ließen Onkel Drac mit dem Geschnarche allein.

Nach seinem Geburtstag wurde Sir Horace wieder froh. Er verkroch sich nicht mehr in dunklen Winkeln, er gewöhnte sich sogar an, bei seinen Wanderungen durch das Haus vor sich hin zu summen. Aber besonders schön war das nicht, denn Sir Horace summte immer nur »Happy Birthday to you«. Mit der Zeit ging er uns damit ein bisschen auf die Nerven, aber wenigstens hörten wir ihn jetzt immer kommen.

Onkel Drac strickte weiter, während seine Beine langsam heilten. Wanda und ich brachten ihm neues grünes Garn und jetzt haben wir auch solche komischen grünen Knubbelschals.

Es dauerte eine ganze Woche, bis Barry den Mut fand, Onkel Drac die Sache mit dem alten Morris und dem Fledermausdreck zu erzählen. Er war sehr überrascht, als Onkel Drac sagte, das mache ihm nichts aus, er werde ohnehin ins Strickschal-Gewerbe einsteigen. Wanda prustete los und sagte: »Du meinst wohl ins Knubbelschal-Gewerbe.«

Brenda überließ uns den Rest der grünen Schnur, weil sie an der Stelle, wo Big Bat sie von der Tür abgeknabbert hatte, ganz zerfasert war. Wir rollten sie ordentlich auf und hängten das Knäuel innen an die Tür des Geheimgangs – dort wartet es auf das nächste Abenteuer.